JN139147

加賀の千代女《ちよじょ》

花の俳人

清水昭三
Shouzou Shimizu

(歌川国芳画)

アルファベータブックス

目次

第一部　朝顔や――「ほととぎすほととぎす…」と

1

千代女《ちよじょ》の家は、北国街道の宿場町加賀の国松任《まっとう》（現在の石川県白山市）にありました。宿場の本通りに面しておりましたが、三尺（ほぼ一メートル）ほどさがって家は建てられていました。家がしりぞいた余地に、馬の頭ほどの大きな石がひとつありました。石の下三分の一ほどは地に埋められ、上部の三分の一ほどのところに綱を通す穴があけられてありました。千代女はこの石を「馬繋《つな》ぎ石」だと呼んでいました。

在の村から馬を引いてくる人たちのために、父の福増屋六兵衛が考案したものでした。馬が通りの道にいると通行の邪魔になるからです。邪魔にならないまでも、主人の六兵衛も馬の持ち主の客も、おちついて話がゆったりとできないことを知っていたからです。六兵衛は小僧の頃から金沢の町の福屋という表具店の職人でしたが、めでたく年季があけたので、ここ松任に福増屋という表具店を開業したのでした。最初から贅沢な家は建てられません。金沢の町の家並みのように屋根に瓦を載せることは不可能でした。仕方なく板屋根でしたから、屋根には板をおさえる石がごろごろあって、幼い千代女の心を不安にさせていました。

しかし、表にはちょっと洒落《しゃれ》た千本格子が細かくはめ込まれていて、屋根さえ見上げなければ福増屋は松任の宿場町のはずれに開店したとはいえ、なかなかの店構《たな》えでした。

六兵衛の技量と安価が評判になってきて、わざわざ金沢からも仕事が舞い込む始末でした。もともと表具職人に注目するような人はならして裕福な人たちばかりでした。また書画に関心の高い知識人たちでしたから、六兵衛も小僧の頃からその道の勉強を忘れませんでした。見所のある娘の千代だとにらんだ父親の六兵衛は、なにはともあれ学問をさせなければいけない、というように常日頃から考えていたのです。

百姓の子供や商人や職人の子供には、学問は不要だと考える人が多かった時代のことです。まして女に学問などさせるとは、とんでもない、福増屋の六兵衛は気が触れたか、という近所の評判ですが、出入りの客たちは、異口同音、主人の六兵衛をほめ称えたものでした。

娘に学問をさせるという福増屋の六兵衛の評判は、大方の客層には好意をもって迎えられておりました。

千代女が生まれた当時は、赤穂浪士の話で持ちきりでした。赤穂藩主の浅野長矩《ながのり》が江戸城内で高家吉良義央《きらよしひさ》を切りつけたので、城主は切腹、藩は改易《かいえき》という驚くべき事件で、日本中が大騒ぎになっていたのでした。騒ぎが沈静した折も、今度は赤穂浪士大石良雄ら四十七人が、吉良義央の首を討ちとったから、この松任の町までもが四十七士の話で明け暮れる始末でありました。

「浪士」という言葉は、たちまち「義士」というような言葉になって、日本中を駆け巡っていきました。

「大石たちを殺すな。みな助けろ。無罪放免にせよ」

というくちさがない宿場の町人の声も、結局幕府へ届かず、元禄十六年（一七〇三）二月、大石良雄ら四十七人は切腹を命じられたのです。五代将軍綱吉も周囲の家臣に相談したほどに、心が揺れていたのです。「生類憐《しょうるい》れみの令」という天下に二つとない悪法を発したさすがの将軍も、「殺すな、許せ」の世評に少なからず動揺していたのです。しかし、最後は上野輪王寺宮《りんのう》公弁法親王《こうべんほっしんのう》に相談した結果、綱吉は「死罪・切腹」の決断を得たというのです。

このながく続いた平和な元禄時代は、赤穂浪士の切腹によって終わったのです。しかし、切腹によって彼らはそののち義士として不死身の形で誕生しました。千代女もこの時、松任の町に生まれたのでした。

千代女が九歳の春に、俳諧の先生が松任に来る、と六兵衛が言いました。俳諧というものがよく分からない年頃でしたが、父が先生と有難く言うので、千代女はいつか俳諧の先生に関心を抱くようになりました。

松任へやって来たのは、岩田涼菟《りょうと》という人でした。この先生は伊勢神宮に勤務していた下級神職の家に生まれた人で、土地柄、元禄の中頃に伊賀の松尾芭蕉に入門し、めきめきと蕉門の中で頭角を現し、師の芭蕉没後は、北越、九州、四国に勢力を伸ばしたほどの名の高い人でした。涼菟は、師のようにむつかしいことは言わず、なんでも平明な俳句がよいと指導したので地方の多くの人の支持を得たのでした。人柄もよく、他人から好感を持たれるような天性に恵まれていたのです。伊勢派と呼ばれるような俳諧勢力が自然に形成され、いつか涼菟がその宗匠《そうしょう》に立つようになっていました。

この涼菟の愛弟子に中川乙由《おつゆう》という青年がいました。涼菟は乙由を連れて加賀へやって来ました。この時、乙由はもう三十六歳にもなっていました。

福増屋へ訪れた二人の先生のうち、千代女がたちまち強い印象として心に刻まれたのが、その乙由だったのです。

「俳諧を勉強してみたい」

と思うようになったのは、乙由を知ったからです。たった十二歳の少女なのに、やはり見所は早いうちから周囲の人に知られていたわけです。

そして、実際に俳諧を正式に学んだのも、十二歳の時です。

千代女は幼い頃から、一人遊びが好きでした。宿場の仲間たちと遊ぶようなことは稀で、いつも白山連峰の彼方を眺めたり、馬繋ぎ石に腰かけたり、通りの人たちを眺めたりしておりました。

加賀藩百万石の参勤道中の一番宿は松任です。ここには泊まるところはありません。二千人の藩士や馬が、一日中通りを賑わせてくれます。あとで知ったことですが、支家《しけ》前田佐渡守などは、家臣でありながら、なんと二万一千石の武将なのです。小藩の藩主よりも禄高の多いこの家臣は二百人ほどを従えて、五代前田綱紀を助けながら江戸へ参上するのです。万石に近い武将が、佐渡守に準じているのですから驚くばかりの加賀藩です。

その頃、加賀の童歌としてよく歌われていたのが「今度殿様お江戸へお立ち」だったのです。千代女も口にしました。

今度殿様お江戸へお立ち
お駕篭回りはだれだれさまよ
一に佐渡さま
二に津田さま
三に多賀さま

四に富田さま
富田お馬に小姓のせて

支家前田家二万一千石に驚いてはいけません。三代前田利常は、二男利次に越中富山藩を十万石として与えたのです。三男利治には大聖寺藩として、七万石をポンと与えて隠退しました。それでも百二万三千石のびくともしない日本一の加賀藩でした。

最高禄の家臣は本多家です。本多家などは藩主から五万石をも与えられていたのです。これでは、一国一城の大名と少しも変わりありません。なにごとも他藩と桁違いなので、話が通じないところがあります。

家臣が変わり時代が変わると、童歌の詞も入れ替わってきます。

今度殿様お江戸へお立ち
お駕篭回りはだれだれさまよ
一に内膳さま
二に河内さま

三に左京さま
四に西尾の隼人
隼人お馬に小姓のせて

花の季節になると参勤となります。金沢の町のあちらこちらの辻々で、参勤行列の練習が始まっている、という噂は三里の距離しかない松任の宿場には、すぐ伝わってしまいます。

この行列の見物は奴《やっこ》踊りです。武将や馬の衣装もさることながら、千代女は軽業の奴踊りが忘れられないのです。千代女には、ドイツ人ケンペルが見たような感想はないのです。

「人々のたくさん住んでいる街筋を通ったり、他の行列のそばを進んだりする時に、馬鹿げた歩き方をすることである。この歩き方というのは、一歩踏み出すごとに足がほとんど尻にとどくまで上げ、そして同時に一方の腕をずっと前の方へ突き出すので、まるで空中を泳いでいるように見えることである。こういう歩き方の時に、彼らは飾り槍や笠や日傘を二、三回あちこちに動かし、狭箱も肩の上で踊っている。乗物をかつぐ人は袖口に紐を通して結び、両腕をむき出しにしていた。彼らはある時は乗物を肩でかつぎ、ある時は頭の上の方に高く上げた一方の手にのせ、もう一方の腕は手のひらを水平にして伸ばし、そのうえ狭い歩幅で歩いたり、膝をこわばらせたりして、こっけいな恐ろしさを装ったり用心深い振りをしたりする」

松任ではまだ金沢の練習の続きのようなものです。すべてを披露するわけではありません。長い長い道中の出発点です。先を急がねばなりません。

千代女は、馬繋ぎ石に腰かけ、尻が痛くなるのにも耐え、また砂埃《すなぼこり》を浴びてもじっと我慢して、朝から夕方まで眺めていたのです。

家の中に入ってから、千代女はふとあの二人の俳諧先生たちは、いずれの国を旅しているのだろうかと思ったりもしたものです。賑わった宿場が急に静かになると、千代女は淋しさに襲われるのでした。淋しさに襲われる度毎、二人の旅人が気になるのでした。

「俳諧というものをやってみたい」

と、千代女は少女ながらにも、しばしば思いに耽るのでした。

千代女の父は、千代女の将来を思いやり、他家に可愛い娘をあずけることにしました。

2

千代女は十二歳の春、行儀見習いの名目で、本吉の北潟屋《きたがた》の岸大睡《たいすい》の許に行きました。北潟屋の主人の名は岸彌左衛門ですが、俳句のことが頭から離れない千代女は、雅号の大睡としか覚えていません。大睡は、この近在では名のある若推《じゃくすい》の弟子です。

大睡には、初めての少女の弟子ができたわけです。大睡は嬉しくて、よく千代女を港へ連れて行きました。海を知らない千代女でした。本吉は北前船の港町です。海を見ながら、大睡は即吟《そくぎん》を走り書き、千代女に示しました。その句がよいのかよくないのか、千代女にはまだわかりませんでした。本吉は、現在の美川町です。昔から港町として栄えていたのです。若推は、この地方ではちょっと知られた田舎俳諧の旦那だったのです。

大睡の北潟屋は、この港町の役人をつとめている家柄でした。学問ばかりか人徳も目立って高く、大睡は町の人々の尊敬を集めておりました。

千代女は、この大睡につくし、家族の者たちからも可愛がられました。主人の彌左衛門は、この時半睡の雅号を大睡に改め、真剣に千代女に俳諧の手ほどきを授けるようになったのです。

「俳諧西山宗因《そういん》先生は、十六歳にして俳諧に志した。お前さんは、宗因大先生よりも、四年も早い。油断なく励むと女でもきっと大成する」

と、大睡は少女千代女を励激するのでした。

「いや、宗因大先生ばかりではない。この師にして、この弟子ありの西鶴《さいかく》先生もまた同じ十六歳で俳諧の道に入ったのだよ。西鶴先生は天才的なお人であったから、俳諧の道へ入ったと思うと、もう点者の域に達していたというから、わしらは驚いているのだよ千代女。西鶴先生は、延宝三年三十四歳の四月三日、二十五歳の若い妻に先立たれ、落胆するかと思いきや、勇気百倍、生まれかわるのだよ。鶴永の号を早速西鶴にした。師の西山宗因の西を頂戴し、鶴永の永を思い切って捨てたのだ。そして、西鶴としたわけだ。京都北野天満宮近くの師の西山梅翁庵におもむき、『此度や師を笠に来て梅の花』と吟じたというわけだね。お前さん、この話が分かるかね。分かるだろう。とにもかくにも師も弟子も十六歳からの出発だ。でも、お前さんは十二歳からの出発だよ。だが、この先生が小粒で申し訳がないから、すまんなあ」

大睡は恥ずかしそうに笑いました。千代女は固くなって、返事に窮しておりました。でも心の中では「とんでもありません」とペコペコ頭を下げておりました。

千代女は、自分に生まれて初めて俳諧を教えた師の大睡と生涯かわることなくおつきあいをしました。常に失礼のないように気を配っておりました。西山宗因と井原西鶴の話は非常に鮮烈な言葉となって、千代女を突き刺すことになりました。宗因の俳諧を談林風というのです。またこの一派を談林派と呼んでいました。

宗因が江戸へ出て来た時、江戸に住んでいた山口素堂も松尾芭蕉も共に、宗因先輩を手厚く持て成したことがありました。

山口素堂は信章《のぶあき》という号でまず宗因の実力を賛めあげました。

梅の風俳諧国に盛んなり　　信章

梅の風とは談林風の別名です。談林風はいままさに全国俳壇を風靡しているではありませんか、と礼をつくしたのです。芭蕉も桃青という号の青年時代でありました。兄貴分の信章のあとに続けて、おそるおそると付けました。

こちとうづれも此時の春　　桃青

西山宗因の前では、二人とも体を固くしていたようです。

それにつけても気になるのは、伊勢の涼菟と乙由のことです。

六兵衛は九歳の千代女に言ったものです。「千代には分からねえだろうが、弟子の乙由はきっと先生の涼菟より偉い先生になる。きっとなる。俺はそうにらんでいる」

父の六兵衛は仕事上、俳諧の世界のことに詳しいのでした。師弟の人脈とか、互いに醜い勢力争いを水面下で熾烈に展開しているというようなことに明るいのです。

大睡に俳句の手ほどきを学んだ千代女は、つぎは乙由から俳句の手ほどきを教えて貰いたいものだと考えていました。

ところが乙由が今どこにいるのか、世間知らずの子供の千代女には皆目分からないのです。

閑古鳥我も淋しいか飛んで行く　　乙由

千代女は、この一句しか知りません。他家で淋しくなると、この句を口ずさむのでした。そして、閑古鳥に敗けてはならじ、と頑張るのでした。そして、「閑古鳥」を「夕烏《ゆうがらす》」に変え、それを自作の句として吟ずるのです。

東方の白山連峰に向かって飛び行く、夕ぞらの烏の群を見送りながら吟ずると、なんとなく乙由の句に迫っているように思えるから不思議です。ほんとうは烏の群ではこの句の詩情が乙由の句境に近づかないのです。たった一羽の烏でなければならないのです。しかし、まだ千代女にはそこまでを想像する力はなかったのです。見たままを吟《うた》ったにすぎません。正しい換骨奪胎の能力さえ少女の千代女には備わっておりません。十二歳の少女では無理もないことでした。

娘が本吉へ行ってから、千代女の母は急に元気がなくなりました。

「行儀見習の奉公は一年で十分ですよ」

口癖のように母は六兵衛に言いました。しかし、六兵衛は、空《から》返事をしてその場を誤魔化してきました。六兵衛には六兵衛の考えがちゃんとありました。

六兵衛が金沢の親方の家ですでに知り合っていて、今でも得意先の喜多村雪翁が松任までわざわざ出てきて、千代女を教育してやる、と好意を寄せていたからです。この喜多村雪翁のことは、妻にはまだ一言も話してありません。話せば猛反対することが分かっていたからです。

「女を教育するとろくでもないことになる」

と、六兵衛の妻は信じきっていたのです。

「女は衣食のことだけ出来ればよい」

と、千代女にも言って聞かせて育ててきたのです。ですから本吉の北潟屋での千代女の働きぶりは、近所の手本のように噂されていました。

大睡のちょっとした挙動を見てすばやく千代女は一歩さきを読み取っていました。

「これですか」

と、煙草盆を差し出すと、「そうだ、そうだ。よく分かるね」

と、大睡は感心したものです。大睡の外出時のさい、また千代女が急ぎ足で近寄って控え目に言います。

「これですか」

千代女の右手には、矢立てがありました。「そうだ、そうだよ。お前さんにはよくわしの心が分かるね」

と大睡は感心して千代女を賛めるのでした。

千代女の母は、自分の手で娘を教育しなければ気が済まないのでした。

「来年の春は年季があけますね」

と、夫に念を押し、指を数えるのでした。

「可愛い娘《こ》（子）には、旅をさせろって言うじゃないか。何もそんなに急ぐことはないだろう。千代も文句ひとつ言わず本吉で頑張っている。近いから、おれもお前も会いたければいつでも会えるが、会っては娘のためにならないから、じっと我慢しているじゃあないか。今に見違えるような立派な娘になって帰って来るよ。その日を楽しみにしていようじゃないか。それよりも、おれはお前の方が心配だ。顔色もさえないし、元気がない。どこか体の具合でも悪いのか……」

六兵衛は千代のことよりも妻の体のことが心配になっていました。

「別に悪いところはありません。ただ、なんとなく気落ちしたような気分になってしまって、体に力がはいらないようです」

六兵衛の陰の力になってきた妻のてごです。金沢の町から独立して六兵衛が、松任に店を持った時から、てごは福増屋の経営上の遣り繰りを上手にするために結婚したようなものです。てごの賢母良妻ぶりに、六兵衛は心から満足していました。

「千代よりお前の方が心配だ」

六兵衛は、愛情をこめた言い方で妻を慰めるのでした。

「あの娘はできすぎて心配ですよ」

妻のてごは、心からそう思い込んでいるのでした。そこが男の六兵衛と大きく違うところなのです。女としてできすぎていて男も敵わない娘を、父親は目を細くして喜びこそすれ、少しも心配などしておりません。ご城下の雪翁の厚意溢れる言葉が、今また六兵衛の脳裏を走り抜けて行くのではありませんか。

「港町の生活もよいが、ご城下の金沢の町の生活もよいぞ。一年間ばかり面倒をみてあげよう」

雪翁のことはよく知っておりましたから、大睡同様、少々ぐらい甘えてもよいかも知れぬ、と六兵衛は考えるようになっていました。

確かにご城下の生活は、魚くさい本吉の町とは違う。江戸や京大阪についで、田舎とは言え金沢は百万石の町ですから、賑やかです。学問の盛んな町です。代々の藩主前田侯が学問や芸好みですから、他国とは大変違っていました。

「俳諧をするなら金沢がよい」

と、六兵衛は考えていたのでした。小松生まれの立花北枝《ほくし》も結局金沢へ出て、刀の研師《とぎし》になり、余力を俳諧に傾注しました。元禄二年（一六八九）の夏、「おくの細道」の途中、松尾芭蕉は河合曽良《そら》と金沢に現れました。北枝は精一杯の歓待をして、芭蕉を迎え、彼の弟子になることがやっとできました。師の芭蕉との対面は、この時だけで終わってしまいましたが、北枝が芭蕉に寄せる信頼は、まことに美しいものがありました。北枝はついつい山中温泉まで同行してしまいました。

この時に芭蕉を迎えた北枝の他に、句空、秋の坊、萬子などがいました。芭蕉も嬉しくなり、彼等の前で一句を挙げました。

秋涼し手ごとにむけや瓜なすび　　芭蕉

刀の研師だった北枝は、かやつり草を知りませんでした。旅の道すがら出会った子供たちが、かやつり草で遊んでいたのです。青い三角の茎のかやつり草は、うまく裂けます。これを使って、子供たちは、蚊屋つりを造って遊んでいたのでした。

「これが、かやつり草だ」

と、芭蕉が北枝に教えたのです。教えられた北枝もお礼として、即吟一句を挙げました。

翁《おきな》にそかやつり草をならひける　　北枝

六兵衛は、商売柄芭蕉や北枝にかかわる金沢での話はよく聞き知っておりました。

金沢の俳人、小杉一笑のことは雪翁が松任で熱をこめて千代女の父に話して聞かせたものです。部分的には六兵衛も知っておりましたが、筋の通った話としては初めて聞く芭蕉と一笑の感動的な物語でした。

3

金沢の町には葉茶屋が多くありました。町の人たちが、茶を立てる風流を日常生活に取り入れていたからです。茶を立てると和菓子も必要になります。自然金沢には菓子の店が多く、葉茶屋と軒を並べておりました。

俳人一笑は、葉茶屋の主人でした。商売上家をあけることができないので、芭蕉を師として会うことがついに出来なかったのです。芭蕉は定住を嫌い、旅の疲れに敗けず、いつも旅をしておりましたので、計画的に江戸で、伊賀で、京で、と会うということはまったく不可能でした。

一笑は、もし万が一芭蕉が金沢の町へ来るようなことがあったなら、葉茶屋の自分の家へ泊まって貰いたいものだ、と祈念しておりました。

「おくの細道」の帰途、金沢に芭蕉が立ち寄る、という風説を一笑は耳にしたのです。それからというものは、一日千秋の思いで、首を長くして芭蕉翁を待っておりました。

ところが芭蕉が金沢へ現れる前年、不幸にも一笑は大病に襲われ、芭蕉を迎える元気もなくなってしまったのでした。一笑は父思いの人でもあったので、この年父の十三回忌にちなみ十三巻の独吟歌仙を霊前にたむけようと発願し、なんとか八巻までまとめることが出来ました。

心から雪うつくしや西の雲　　　一笑

この句は一笑の辞世です。三十六歳で、独吟歌仙も未巻のまま、芭蕉にも会えず、芭蕉が金沢へ来る前年の晩秋十一月、一笑は静かに息を引きとったのでした。

この哀れな一笑の兄のノ松《べっしょう》という俳人は、早速、芭蕉に会い、弟の不憫な死のためにも法事をしたいので参席してほしいと願い出ました。

芭蕉はノ松の話を聞いて、会ったこともない一笑を愛弟子と思い、一笑のために腹の底からしぼり出すように一句を創造したのでした。それが芭蕉の一世一代の代表作と言ってもよいこの句です。

雪翁は泣声で語りました。

塚《つか》もうごけわが泣くこゑは秋の風　　芭蕉

なんと素晴らしい句でありましょうや。芭蕉の一笑への深い愛、深い悲しみは、淋しい秋風となって表現されました。芭蕉の深い嘆きは「塚もうごけ」と、きびしく命令調です。これがまたわが俳諧の世界では、空前絶後の天の技としか思えない表現となっているのです。

同行してきた信州諏訪の曽良も師に敗けてはならじ、と精一杯の句を挙げたのでした。

玉よそふ墓のかざしや竹の露　　曽良

墓近くの竹の葉に美しく露が玉と結んでいるのではありませんか。ああ、それらがたれさがって一笑の墓を飾るかんざしのようですよ、と曽良は一笑の心の美しいさまを、この情景として表現しました。

「ご城下の町には、一笑さんのような偉い人もいたんですな。そのことを忘れちゃいけませんよ。六兵衛さんにも知ってもらわなくちゃ困りますよ。松任の宿じゃ、新入りの福増屋が、世間さまに遠慮なく大いに頑張っていただいて、一笑の存在を吹聴して回っていいんだとわしは思ってますよ。一笑さんの、あの『心から雪うつくしくや西の雲』なんてのは辞世の句だと、それだけに限定しちまっちゃおしまいだ。雪の美しいのは、一笑さんの人生のことですよ。わしはこの句に感動し、雪と号したら、世間さまから雪翁と呼ばれるようになった。有難いことじゃないですか。これもみな一笑さんのお陰ですよ。一笑さんが住んだご城下でわしは今生きておる。一笑さんのような句は作れないけれども、気持ちは一笑さんと同じつもりだ。ただ、見所のある弟子がわしにはいないので、六兵衛さんの千代女をこれから教育したい。今は大睡さんが折角指南しておられるから、年季が明ければすぐにわしが金沢の町で迎えることにしたい。これもお前さんとの縁というものだ。なんの条件も出さないのだから、お前さんは一も二もないだろう。ただ、だまって首を縦に振ればよいのだ。妻君は、わしから話して納得させる。てごさんもわしの言い分なら、素直にきいてくれると思う。どうかね」

雪翁の話は、北枝から一笑になり、そして芭蕉や曽良の話にもなりました。雪翁が一笑を尊敬していることがとくと理解されるのでした。雪翁の頭の中には一笑しかありません。葉茶屋の主人というより、立派な俳人です。三十六歳で夭折した俳人の一笑の哀れな人生がこの雪翁の心をすっかり包み込んでいたのです。

一笑は、本当に一筋に生きた人です。まじり気のない心の人です。師思い、父思いの立派な人物でした。この人物を模範として雪翁もまた金沢の町で精一杯生きていました。

心から雪うつくしや西の雲　　一笑

六兵衛は雪翁が持ち込んだ一笑の辞世の句を表装しました。

「ようできたな」

雪翁は満足し、六兵衛の腕のよさを賛めちぎりました。

「ご城下にはお前さんのように腕のよい表具師は一人もいない。だから、三里の道も遠く思わず、こうして松任まで出向いて来るのだよ」

ふむ、ふむと一幅の掛軸を見ながら一人頷き、雪翁は六兵衛の技量を賛め称えているのです。そして、最後には一笑の句に触れぬ訳にはいかないのです。

「やっぱり一笑はすごい。いい句だ。いい字だ。世間はどうしてもっと一笑を高く評価しないのだろう。一笑を評価していたのは芭蕉翁一人ぐらいじゃないか。わしは不満だな。一笑の真価が分からぬ俳人どもが多すぎて困る。どうだね、六兵衛さんはどう思うかね、一笑先生の句を……」

六兵衛は、くるな、と直感していました。そらきた、と待っていました。返答は用意されているのです。

六兵衛、商人といえども正直に考えを述べなければならないと常日頃から考えていました。

「旦那さんのお説の通りだと思います。不勉強で、詳しいことは皆目分かりませんが、旦那さんのお話はよく手前どもにも理解できたように存じます。ただひとつお尋ねしたいことがあります。それは一笑さんの雅号です。どうして一笑さんと名づけたのでしょう。その意味がよく分からないのでございます。貞徳風とか談林風の前期の風潮がこの名前に影響しているのでしょうか。そこら辺のことがどうも分からないのです。失礼ですが何やら噺家の名前のようで、ちょっと俳諧の座におさまらないような感じを手前どもはうけるのでございます」

雪翁は、一瞬驚いたような表情を見せました。

「ふむ、なるほど。言われてみればそんな気になるな。考えてもみなかった質問に出会ったもんだ。ふむ、ふむ。さて、さて」

雪翁は腕を組んで考え込んでしまいました。

「この一件は、わしも勉強不足であった。帰ってから、よく調べて返答しよう。一笑名は軽いか。あの句境、あの人生の人にしては、なるほど一笑は軽い名前かもしれない。いくら謙譲の美徳とは申せ、そんなに遠慮することもない。さて、さて、一笑先生も今頃になって、大きな宿題をわしに与えたものだ。困った、困った」

雪翁は苦笑いしながら黙ってしまいました。六兵衛は、少し質問が曲がっていたのかなぁ、と反省しました。

兄のノ松《べっしょう》という雅号もなじみの薄い名前のようにしか思えません。「ノ《べっ》」とは、右から左へもどるという意味です。庭先に、そんな枝振りの松の木でもあっての「ノ松」なのでしょうか。兄弟揃っての俳号は、六兵衛にはなじめない名前でありました。

六兵衛は、雪翁が持って帰っていた一笑自筆の俳軸を思い浮べていました。本当にいい配字で、美しく書いてありました。

心から雪うつくしや西の雲　　一笑
塚もうごけわが泣くこゑは秋の風　　芭蕉

芭蕉の掛軸は手がけてはおりません。そちらの方は、たぶん金沢の福屋で表装したと聞いております。いつかはどこかで至福の気分で巡り会いたいものだと六兵衛は空想しておりました。

てごの声で六兵衛の空想はあっけなく消えてしまいました。

「雪翁さんがお前さんに悪知恵をつけに来たのではないでしょうね」

と、てごはきびしいことを平気で言います。

「悪知恵?　とんでもない。汚らしいことを言うものではない。お客さんに失礼ではないか」

六兵衛もまた一笑のように生きたいと娘千代のために考えておりました。

4

本吉の北潟屋の大睡のところから、千代女は松任の福増屋の実家へ一年ぶりに帰ってきました。春とは名ばかりで、まだ日影には残雪がありました。

「ああ、千代よ、苦労かけたね」

と、てごは千代を胸の中にだきしめました。てごは泣いていました。しかし、千代女は涙も見せず慧眼を開き、てごの顔をやさしく見つめておりました。

「一年ものあいだ一度も見ていないので、大分大きくなった」

てごは次の瞬間、千代の立派な成長ぶりに感動しているのでした。

「千代や、もうずっと家にいるがいいよ」

と、母親は口説くのでした。しかし、千代女は、また、どこかの先生について、もっともっと勉強したいと考えていました。

父から雪翁のことをそっと聞かされ、もう千代女はその気になり、百万石のご城下の町に心は傾いていたのです。

「でも、かかさん」

と、小さな声で甘えるように言いました。

「もっと勉強したいのかい」

と、てごがおそるおそる聞きました。

「うむ」

と、千代は頷きました。

「この娘ったら、いったい何になるつもりなんです」

てごが正攻法で千代に迫ってきました。

「できたら俳家になりたいのです」

まだ年端も行かぬ千代女の返答に、てごはたじたじ、言葉もありませんでした。

母親は千代の決意を知ってもうこれ以上反対することは出来ない、とあっさり往生してしまいました。娘の固い信念を動かすのは不可能だと知ったからです。

喜多村雪翁は、一笑の弟子だと誇り高く自称していた俳人でした。町や役所からも信頼が高く、当時町年寄という重職の任にもあった人でした。

金沢の喜多村家は素封家で広く知られておりました。なんといっても雪翁は、広い金沢の町で名士でありました。役所にも顔は知られ、町の政治の相談をうけることもしばしばでした。

雪翁の偉いところは、権力を背景でものを言うようなことは一切ありませんでした。やはり町随一の知識人でしたから、どこへ往っても来ても重厚な存在感がありました。とくに俳人一笑を高く評価する時の座では、別人のように真剣な態度で話すので、市井の俳諧愛好家たちはみな雪翁の話に感心してしまいます。そのうえいかに芭蕉とか一笑が遠く高いところの偉大な俳人かを、いや応なく納得させられてしまうのでした。

若い時から雪翁という敬称をつけられておりました。金沢の町では喜多村先生と呼んでおりましたが、俳人仲間は雪翁と呼んで、彼の文芸の道に近づこうと努めていたものです。

雪翁には、飯島珈涼《かりょう》という娘がおりました。

千代女が喜多村家の門をくぐった時には、珈涼女はすでに板尻屋へ嫁いでおりませんでした。しかし、珈涼女はしばしば実家へ帰って、父親から俳句を学んでおりましたから、千代女とも知りあい、共に勉強する間柄となりました。のちには二人で京都へ旅をしたり、江戸はおろか、陸奥白河へ足を伸ばそうとした仲になるのです。

雪翁は千代女のために藩主の許可をいただいて、兼六園の一隅の拝見を許されました。雪翁の存在は大きかったのでした。殿様の別邸など、武士の身分でもなかなか拝見できるものではありません。

句会や茶会で前田候とのお目見得が許されていた雪翁ならではのことでありました。

前田候の別邸は兼六園と言われていました。なんでも陸奥白河の殿様白河楽翁（八代将軍の孫松平定信）が金沢に遊んだ時、兼六園と名づけたということです。白河楽翁は、六つの要素からこの別邸が造られているから、兼六園と呼称したというのです。

天下第一の百万石の大々名の別荘の屋敷らしく、むやみやたらと広いのにまず驚きました。二番目に、広大な広さだけあってじつに静寂なことに気づき大変気に入りました。三番目は、自然にあったものを利用したのでなく、すべて人力によって築いたという、まさに百万石の実力の現れだと、絶句してしまったことです。四番目は、人口の築庭でありながら、すでに蒼古とした歴史を感じさせる点にありました。五番目は、遠方より川を引き、園内に川や池があることでした。最後に、この高台は金沢の町や平野を眺望できる位置にあるということでした。

白河楽翁が賞賛した時から、金沢の人たちは、前田候の別荘を兼六園と呼ぶようになったのでした。

金沢の町の東の方には、卯辰山《うたつやま》がありました。千代女は珈涼女の案内で仲よく登ったことがありました。雪翁一家は、大睡一家に劣らずよく千代女の面倒をみました。千代女の金沢での生活は、まるで夢のようでありました。

千代女は、雪翁の配慮によって、仮名遣いを越中の内山逸峰《はやみね》に学ぶことができました。また絵事は呉俊明と彭域百川《さかきひゃくせん》に習うことになりました。また五代藩主綱紀に仕えていた前田佐渡守直躬《なおみ》（二万一千石）の家臣、矢田四如軒《やだしじょけん》の薫陶をもうけることができたのです。そればかりでなく、書を持明院の山本基庸《もとつね》に習うことも許されたのではありませんか。

このような学問――基礎的な学問がしっかり備ったからこそ、幸運な千代女は確実な成長を遂げていったのでした。

どことなく風格のそなわった雪翁は、宗の儒者汪信民《おうしんみん》の『菜根譚』のこと――「人、常に菜根を咬み得れば則ち、百事なすべし」の精神に通じておりました。

六兵衛に千代女の面倒を見る、と明言したのも、汪信民の言葉をよく理解していたからでした。他人さまの大事な娘をあずかるからには、責任を持たねばなりません。

汪信民はつぎのように忠告しているのです。弟子を持つにはそれだけの見識がなければなりません。雪翁にはその見識が十分ありました。珈涼女の父親です。珈涼女を一目見ただけで、彼女の両親がどんな人物かは即座に想像できます。

汪信民の言葉です。

「弟子を教育するのは、あたかも閨中《けいちゅう》の女子を養うようなものじゃ。常に出入を厳重にして、かつ、その交際するところの友人について深く注意を払わねばならぬ。閨女は、深閨に養われている処女である。もし、一度、よろしくない人間と交際することがあったならば、すぐその悪風に感染せられて、ちょうど、清潔に耕された田の中に、不浄の種子を下ろしたと同一なことになるのじゃ。こうなっては、最早や、終身、良い稲を植えることは出来ないのである。匪人の匪は非で、よろしくない人が匪人であるぞ。清浄田中は、清潔に耕された田の中。下ろすは蒔く。不浄種子は、雑草の種。嘉禾《かか》の禾は穀類の茎、嘉禾はよい稲とみればよいのじゃ」

女弟子ではなおのことである。雪翁の見識は、広く深い。

「どうじゃ、金沢は。もうなれたであろう」

と、雪翁が千代女に尋ねたのは、喜多村家にきて一か月ぐらいの後のことでした。そしてその時からもう十か月になろうとしております。

つぎからつぎと学ぶことと習うことの連続で、千代女には息をつく暇もないのです。兼六園へ師のお伴をしたのが、近頃の大事件だったのです。幼い頃、馬繋ぎ石に腰かけ前田候の行列をもの珍しく終日眺めていたことを思い出します。あの時の前田候の住むお城、別荘の兼六園、そしてご城下の美しい家並みとその賑やかさ……。

町年寄りの雪翁は、やれ句会、やれ茶会だと家を留守にします。芸ごとの好きな町の雰囲気は、千代女にまで伝わってきます。

千代女は家事の手伝いを怠るような娘ではありません。その心がけが喜多村家の人たちから喜んで迎えられておりました。

珈涼女の嫁ぎ先の坂尻屋も名門で、彼女は大事にされておりました。同じ金沢の町中ですので、珈涼女の方から千代女に会いに来ることも出来ました。父親同士が俳句仲間でした。坂尻屋の主人は、月並俳句ばかり吟《うた》っておりました。句会では雪翁にはかないません。一笑を一笑たらしめたのは、雪翁の手柄だったのです。このことは、俳句仲間のみなが認めるところです。

「ときには句をつくりますか」

と、実家へ遊びに戻った珈涼女が、千代女に話しかけてきました。

「手ほどきをうけておりますので、まだ自分一人の力では句はつくっておりません。作れません」

千代女は恥ずかしそうに応えました。

「早く作れるようになるといいわ」

と、珈涼女が言いました。

千代女は、ふと乙由の句を思い出しました。

閑古鳥我も淋しいか飛んで行く　　乙由

父親のように暖かい感じをうけたあの旅の俳家は、どこにいるのやら。閑古鳥がどこかの空を飛んでいるように、どこかの国を旅しているのでしょう。

「いつか、二人で俳句の旅をしたいものですわ」

と珈涼女が呟くようにもの静かに言うのでした。二人で…。

それを聞くと十三歳の千代女の小さな胸はきゅうと痛くなるのを覚えるのでした。

金沢の雪翁の門を辞した千代女は、父母の待つ松任の実家へ帰ってきたのですが、六兵衛は千代女の修業はまだまだ足りないとにらんでおりました。母のてごは、もう諦めておりました。夫のいうなりに任せております。

千代女は、もっと金沢の雪翁の厄介に甘えていたかったのですが、最初の約束が一年間、ということでしたから、荷物をまとめ馬につけ、喜多村家の下男に送られて松任へ帰って来たのでした。

5

三度目の修業が実現しました。世間の広い六兵衛のことです。あっ、という間の出来事でした。母のてごは、ほんとうに驚いて、初めは信用しませんでした。

千代女の行き先は、松任町内です。てごは、ほっと安心したようです。近いのがなによりです。町では一番の素封家相河《そうご》屋が千代女の厄介になる家です。造り酒屋を手広くしている相河屋の主人もまた、福増屋のお得意さんだった訳です。表具屋は、ありがたい客筋に恵まれておりました。

千代女は相河屋の女主人に躾をみっちりと仕込まれたのです。相河屋の主人は義理固く人情の厚い人でしたから、千代女を召使のように使うことはしませんでした。女主人がよく心得ておりました。酒蔵や店で働く者たちと同列にはしませんでした。千代女を女主人の近くに置き、礼儀作法から松任の有識故実一切について教えました。こうした知恵は、のちに千代女が句を作るうえで非常に参考となりました。

千代女は相河屋で一年足らず生活しました。その時の一番の大きな土産は、なんと言っても若主人の妻——すへ女を知ったことでした。千代女は喜多村家で坂尻屋の珈涼女を知りましたが、今度はこのすへ女と深い友情に結ばれていくのです。その出会いは、正徳五年（一七一五）の時のことでした。

相河屋主人武右衛門には不幸にして男子がありませんでしたので、すへを養女として迎えたのでした。また、武右衛門の末弟久兵衛を養子に迎え、すへと夫婦としたのでした。すへ女は、松任の上宿の方でしたから、遊び仲間ではありませんが、何度も会っていました。

そのすへ女は、千代女よりも歳下でありながら、もう夫婦の形で相河屋にいたのです。相河屋に住むからには、千代女はこのすへ女に仕える立場にありました。ところがすへ女の夫の久兵衛は俳号を之甫《しふ》と称し、句会などへ顔を出していて、早くも千代女が二年前から俳句の勉強をしているという噂を聞いておりました。金沢の雪翁の下にいた、というその一事だけで、千代女はすでに恐れられていたのでした。まだ、なにも知らないすへ女は、夫の態度から推して千代女を先生扱いにして、決して出すぎた振る舞いをしませんでした。

千代女は、そうしたすへ女の態度を嬉しく思い、すへ女に優しくなにかと教えるようになりました。こうしたことから生涯のすへ女の師は、千代女となってしまいました。千代女とすへ女の美しい師弟愛は、千代女が死ぬまで続くのでありました。

金沢で知り合った珈涼女のことにも触れましょう。最初は、珈涼女は常に千代女の上に立っておりました。すでに、珈涼女は父に習って、俳句を挙げておりました。しかし、のちには、その立場は逆転してしまいます。いつしか、珈涼女が千代女を師のように慕うのですから不思議なものです。

二人で旅をした頃の千代女の網代笠の裏には、千代女が発句を始めていますから、そのこと一つだけでも推察できるのです。

道々の花を一目や吉野山　千代尼
日の脚のたらぬ名残や草の花　珈涼

網代笠《あじろがさ》のみならず手拭きまでにも千代女の発句となっております。

暑き日や指もさ、れぬ紅畠　千代尼
秋の日たらぬ名残や草の花　珈涼

大和路を行く女俳諧師二人、彼女らの姿が想像できましょう。これらの句から二人の後ろ姿が目に見えるようです。あの雪翁の娘にしては、珈涼女の二つ目の句は味が薄いようです。視点をさとく変えて吟う鋭い才能が見当たりません。千代尼の句と天と地ほどの落差のある俳境ではありませんか。若い頃の珈涼女は、確かに怜悧なところがありました。しかし、歳と共に千代女の前では、手も足もでない始末です。嫁ぎ先の坂尻屋でわがままな生活を許されたことが、むしろ彼女の才能を駄目にしてしまったのかも知れません。

そこへいくと相河屋のすへ女は見るからに温容な立ち振る舞いの女性でした。千代女はそうしたすへ女が大変好きでした。二人は気が合い、よく勉強しました。武右衛門が千代女を迎えたのは、このようにすへ女の教育を頼む腹づもりがあったのでした。予想通り、千代女が相河屋ですへ女と楽しそうに修業している姿は、主人のみならず誰の目にも大変好ましい景色でありました。

千代女は、越中の内山逸峰に学んだ仮名遣いをすへ女に教えました。絵や書も教えました。俳句の世界に顔を出すなら、書は達筆が求められます。絵心もなければなりません。すへ女は、素直に千代女の指導に従いました。夫の之甫は、やせても枯れても俳人の号が之甫です。若妻のすへ女の勉強を憎からず眺めていたのは申すまでもないことでしょう。

すへ女は千代女に言いました。

「私は北枝《ほくし》が好きです。北枝の他には誰も俳人を知りません」

加賀の人たちは、北枝だけは知っていました。しかし、千代女は家へ来た涼菟《りょうと》と弟子の乙由《おつゆう》のことを知っていたのです。むろん、北枝も一笑も雪翁から学んでいます。四歳の時に、芭蕉の弟子の宝井其角《きかく》も服部嵐雪《らんせつ》も亡くなっていました。二歳の時に、内藤丈草《じょうそう》も向井去来《きょらい》も亡くなっていました。

千代女が生まれた年、広瀬惟然《いぜん》はまだ十六歳でした。しかし、惟然は宗因や弟子の西鶴のように、十六歳から俳諧の世界へ入ったのではありませんでした。

とにかく千代女は十二歳で地方の小さな存在の俳人とは言え大睡の門弟となったのです。そして、雪翁。今は他家で躾教育に専念している最中なのです。

一笑の弟子雪翁から学んだ千代女は、十三歳とは言え、もう町の月並み俳家などは問題にならないほどの実力をつけておりました。でも、その発表は控えておりました。修業の身分では、自由に自作を発表などすべきではないのです。他人の句を目にしても、批評は避け、見ても見ない振りをしておらなければならないのです。

「千代姉さんは誰方《どなた》が好きですか」

と、すへ女が畳みかけてきました。千代女は正直に言いました。

「中川乙由です」

「どこの人ですか」

「伊勢の人です」

「伊勢派の方ですか」

「そうです。涼菟の弟子です」

「どんな句があるのですか」

「わたしの好きなのは、閑古鳥我も淋しいか飛んでいく、という句です」

「会ったことがありますか」

「あります」

「どこです。金沢ですか」

「金沢ではありません。松任です」

「松任?」

「そうです。松任です」

「松任のどこです」

「福増屋です」

「あら、千代姉さんの家で……。初めて知った」

すへ女は驚いて、思わず大きな声をあげてしまいました。

「わたしが九歳の時です。父が二人を招いたのでした。でも、詳しいことは何ひとつ覚えておりませんよ」

「うらやましい。わたしはまだ俳人らしい俳人に一人も会っていないのに」

すへ女は淋しそうな表情で千代女に甘えるのでした。

「ご立派な邸宅のある俳家もいますし、たぶん家らしい家もない俳家もいますし、どちらがよりほんまの俳人さんか、だんだん分かってくるでしょう。今はただ、夢中で、基礎になる学問でも有識故実でも、何でもかんでも覚え込むだけです。実の力がないと、旅をする俳人にはなれませんからねえ」

「そうでしょうね」

と、すへ女は一言だけ言って黙ってしまいました。

「見知らぬ方の家で、一宿一飯をお願いできるか、できないかは実力が決めるのでしょうよ。魅力のある俳人なら泊めてもらえましょうが、力のない人にはなんの魅力も感じないでしょうから、きっぱりと断られるに決まっています。怖いことです。俳人になるには大変なことです」

と、千代女は心を許し少し喋りすぎたと反省しました。

「千代姉さんは、その並みでない俳人の道を行くのですから、前途は多難でしょうに」

「……」

千代女は黙っていました。彼女は、俳人雪翁が、金沢と江戸の他は歩いていないことを知っていました。雪翁のような人でも、見知らぬ地方の国々を旅するのは怖くて出来ないのです。金沢の町の俳人としては一流ですが、他国では誰も歯牙にかけないと思うのです。

「千代姉さんの好きな乙由さんに会ってみたい」

と、すへ女は笑いながら言いました。千代女もついにこにこと表情を崩してしまいました。

6

千代女が相河屋を出た十四歳の夏、名のある俳人がひょっこり松任の宿に現れました。仙石盧元坊《せんごくろげんぼう》という名前の旅の好きな俳人でした。この人には里紅とか茶話仙とかという別の号もありました。各務支考《かがみしこう》の門人で、享保十二年（一七二七）越後路を行脚して『桃の首途』という本を著し有名になっておりました。享保十四年の春から体調を崩し、岐阜の住居鳰亭《におてい》に入り病を養っておりました師の支考は、その歳の九月末に鳰亭を弟子の盧元坊に譲って、彼は黄山の獅子庵に帰って行きました。つぎの年の春、盧元坊が支考を見舞うと、西国行脚をしきりにすすめるので、どうしてかと弟子が尋ねますと、支考は「わが命のうちに西国の俳諧を聞きまほし」と苦しい胸のうちを告げたのでした。もう今年一年ない、というのですから盧元坊は大奮発し京阪・中国・四国、さらに遠く九州を巡遊し、十六年の五月、小倉まで来た時支考の訃報を受けることになってしまいました。

支考の百日忌を馬関の土地の有志と催し、涙の追悼句会を営んだ盧元坊でありました。ところが彼自身もこの大旅行のために、体の調子を崩し寝込んでしまいました。この西国行脚の方は『藤の首途』としてめでたく出版されました。

盧元坊は、延享四年（一七四七）の五月十日死去、行年五十七歳でした。

この盧元坊がまだ若くして二十六歳の時、千代女の住む松任へ突然現れたのです。千代女は盧元坊が支考に一番信頼されている弟子だと聞いておりましたので、この人の門弟になりたいものだと直感し、胸に燃えあがるものを感じました。

金沢の珈涼女の夫は飯島五五《ごいっ》という俳人です。俳諧は夫婦共に和田希因《きいん》の弟子筋にあたります。坂尻屋八郎右衛門の妻珈涼女に、もう負けてはなりません。どうしてか珈涼女をはじめ他の顔見知りの俳人を千代女は異常なまで意識するようになっていました。

父六兵衛の力を借りてはなりません。十四歳の千代女の独立の時です。

千代女は父にも母にも黙って、そっと家を出ました。盧元坊が松任の宿にいることを千代女は相河屋から耳にしたのです。

宿で案内を乞うと盧元坊は気易く会ってくれましたが、弟子はとらない、ときっぱり断りました。とくに女弟子はなおのこと問題にならぬ、と苦虫を噛みつぶしたような顔で、千代女を部屋から外へ追い出してしまいました。

千代女は宿の外でじっと立って盧元坊がいつかきっと現れると、待ち続けておりました。

気がついた宿の者が千代女のことを盧元坊に伝えました。すると盧元坊は、「ほととぎす」という夏の季題の句を見せるように告げてきました。

言うまでもなく千代女は旅の俳人から試されようとしているのです。千代女は、一心不乱になって、句をつくり廬元坊に見せるのですが、余りにも上手に出来あがっているので、幾句作っても相手は少しも信用しないのです。

そのうちに夜になり、旅の疲れで廬元坊は早々に寝てしまいました。しかし、千代女は「ほととぎす」一句のために、頭はだんだんと冴えるばかりです。宿の者も千代女を気の毒に思い家の中へ招き入れ、ひと部屋を与えるようになりました。

千代女は、とうとうその夜は一睡もしないで俳句作りに夢中になっておりました。

白山連峰が白みはじめると、もう松任は朝になりました。

目をさました廬元坊は、まだ千代女が宿にいたのでびっくりしました。千代女の真剣さに驚いたのです。女が俳諧に入るような時代ではありません。俳諧は男のものです。その男でもこんなに熱心な弟子入りを望む人などはまだ世間で聞いたことがありません。千代女の手には、さきほど短冊に美しい墨の文字を流した一句がありました。

ほととぎすほととぎすとて明けにけり

廬元坊は喜んで千代女を弟子にすることにしました。廬元坊は、千代女が自分で選んだ最初の師ということになりました。廬元坊の弟子になったということは、彼の師の支考の弟子にもなった、ということです。

加賀は俳諧の世界では、美濃派の支配下にあった訳です。各務支考が亡くなると一番弟子の廬元坊・里紅が美濃派の指導者となるのです。支考が生きている間に、このことは弟子たちの前で公表されておりました。

伊勢派に対する美濃派の頭領、宗匠としての廬元坊は、この位置を支考が禅譲する、廬元坊が禅譲されたという関係にありました。麗しい師弟として他派の人たちから好評を受けたものです。

千代女は廬元坊の句そのものは、余り高く評価できませんでした。とにかく支考の一番弟子だということで、門人になろうとしたのでした。千代女が比較的好きな句を挙げるとすれば、つぎのような二、三のものになるのです。

相宿のものうき蚊帳の鼾かな　　廬元

松に菊留守《るす》恙なしあれながら　　同

何として張良遅し橋の霜　　　同

盧元坊は、美濃派に天下の女俳諧師あり、と千代女を大いに吹聴しましたので、たちまち加賀松任の千代女は、尾張や美濃の方まで知られるようになりました。

師弟の契りを結ぶと、もう盧元坊は松任をさっさと出て行きました。越後・越中・加賀まで美濃派の俳句が支配するようになってきました。支考は、指導範囲を広めるための巡業に熱心だったのです。このために一番弟子が師に敗けないように、支配圏内の国を巡業するのは当然のことだったのです。

こんな時、折も折、加賀の国の俳人北枝が死んだのは、なんという皮肉なことでしょう。北枝は、享保三年（一七一八）、千代女の十六歳の時死去したのです。

北枝は、芭蕉が北国行脚の際、金沢の町で待ち構えて、芭蕉を師とすることが許されたのです。この時、芭蕉は北枝に一句を示しました。

赤々と日はつれなくも秋の山

北枝は何回か師の前でこの句を繰り返し読んで、どうやら不満の表情で、批評しました。

「秋の山、がどうにかなりませんか」

すると芭蕉は遠慮なく批評した北枝を賛めて言いました。

「北国にお前さんがおれば、必ず正風の俳諧は盛んになる」

その芭蕉の言った通り、目下美濃派として、正風が吹いているのです。

芭蕉は北枝の言を取り入れ「秋の山」を「秋の風」に改めました。しかし、残念ながら北枝には、これという名句は一句もないのです。

あえて一句挙げれば、と千代女は思い悩むのです。

淋しさや一尺消えて行く螢　　　　北枝

蕉門十哲の一人という者もいますが、これはちょっと無理な話です。北枝の存在は螢の光のように淋しくもはかないものでした。この北枝の手紙の中に千代女のことが一言書いてありました。

「金沢より三里南に松任と申すところの表具屋の娘に千代と申して美夫生年十七歳云々」の表現は、あとで知ったことです。

申し訳ないのですが、北枝より一笑の方がずっと真実の俳人でした。雪翁の言葉の通りです。千代女も雪翁のこの一笑評価には常に賛成してきました。今でもその考えは少しも変わっておりません。

「それではまた、お達者で」

と、言って離《わか》れた廬元坊や支考のことが気になり出しました。やはり美濃派の一人になった自覚がそうさせるのでしょう。

松任では三流の木賃宿に廬元坊は泊まりました。

蚊に刺されながら、千代女は「ほととぎす」の句作りに夢中で一晩を明かしたのでした。若い廬元坊という人が怖い人に見えました。しかし、支考とこの人の名前は、金沢や松任辺りでは俳諧仲間で最も有名だったのです。

田舎では、師を選ぶほどの余裕はありません。旅の途上の俳人に当たって砕ける他ありません。乙由の方がいいと考えても、その乙由が再び松任に現れない限り、千代女は廬元坊を選ぶしかなかったのです。

　ほととぎすほととぎすとて明けにけり

盧元坊は千代女の入門をやっと許諾しました。千代女は自分の体験をそのまま句に表現しただけのことでした。相手を驚かしてやろうと考えると、どうしても句の中に自分のみにくい作為が露呈しがちなものです。

千代女はいっそのこと、今夜一晩のことを素直に書けばよい、と腹を決めたのです。

寝呆けなまこの盧元坊は、一睡もしなかったまだ少女の匂いのする千代女の熱心さにただ驚愕したのでした。

「何方《どなた》に俳諧を学んでいましたか」

と、彼は彼女に質問しました。筆記試験のあとは口頭試問のようなものになりました。

「はい、この地方の大睡先生と金沢の雪翁先生に習いました」

千代女は、はきはきと応えました。

しかし、盧元坊は黙っていて、千代女のあげた二人の俳人のことに何も触れませんでした。多分、二人とも北枝の影響下にある人たちだろうと、盧元坊が考えていたためです。もう加賀一帯も北枝ではなく、支考の支配下になっているのです。盧元坊は支考の命を受けて加賀へやって来たのです。松任の田舎あたりで、小娘を弟子にしたからとて、美濃派になんのたしにもならない、と旅に疲れていた彼はそう考えていたのでした。

ところが、廬元坊は千代女の実力をおいおい知らされるようになるのです。師の支考がわざわざ千代女を訪れるようになるのは、中二年おいて享保四年（一七一九）のことでした。

千代女があの「ほととぎす」の句を作った時、このような句が先人のものとして、すでにあったのでした。ところが夢中になっていた十四歳の千代女には、そのことなど知る由もありません。それどころか、この句作と同時に「明日の夜は寝かせて呉よ時鳥」と吟じていたほどなのでした。廬元坊がこの句を佳《よし》としたことは知られておりません。

ほととぎすほととぎすとて寝入りけり

「お前さんはずるい」

と言って名声の高まる千代女を批判したのは、なんと金沢の珈涼女ではありませんか。千代女は彼女に弁解しませんでした。弁解しても、誰にもあの時の状況を正しく理解してくれるような人はいない、と天から思い込んでいたからでした。そのことで珈涼女を憎むような千代女ではありません。恨むような彼女ではありません。

「ほんとうにねえ……」

と、言って千代女は静かにただ微笑しうけ流していました。

7

今は福増屋の一人娘として父の手伝いの傍ら、母には針仕事を仕込まれる千代女だったのです。母のてごは、本吉の北潟屋のお上や松任の相河屋のお上よりも厳しいのです。

仕事前に針は種類ごとに何本あるか、と常に覚えておくべきだ、というのはてごが教えたことです。裁縫の仕事にかかる前に、まず針の本数を確認しておかなければ、もし針が紛失したような時、危険だと母てごはいうのです。針は、油断すると、すぐ畳と畳の間にもぐり込んでしまいます。春の大掃除に畳をあげると、しばしば古びた針を発見するものです。また、仕上がった着物に針が刺したまま箪笥にしまいこまれることだってあるのです。これも同じように危険なことです。てごは、こうしたイロハから千代女を叩き込むのです。

しかし、千代女は父や母からの仕事に対し少しも苦情を感じませんでした。自分の家での生活は、精神的に気楽だったからです。

六兵衛は、仕事の手を休め千代女に俳諧の話をしかけます。表具屋風情というものでしょう。

「千代や、廬元坊さんから連絡があるかな」

と、父が尋ねました。

「いいえ、なにも」

と、千代女は応えます。

「忙しい人だから無理もないやなあ」

と、父は遠くの方を見るようにして言いました。

「支考先生を支えているのでしょうから、大変です。多分美濃派の総元締めの方でしょうから、東奔西走で休むこともできないのでしょう。先生が松任へ見えてから、もう一年になります」

と、千代女は、あの木賃宿の一夜のことを思い出していました。

「もう、一年になるのかなあ」

と、六兵衛もなにやら感慨深そうに言うのでした。

「お前も無鉄砲なところがあるからなあ。あの時はてごも驚いていたよ。千代は強い女子だ、とな……」

「そうでもないと思いますけど」

と、千代女は思うままを言いました。

「きっと、そのうちに支考先生が加賀へ見えると思う。その時には、涼菟先生と乙由先生を招いたように、丁重にお招きしたいものだ」

「ぜひ、そうして下さい。一度もお会いしてないので、どんな方かと書かれたものや風評で存じ上げているだけですから」

「盧元坊さんから支考先生にお前のことはきっとよく話してあると思うよ。なんの心配もないよ」

「そうでしょうか」

「あの人は苦労人だよ。六歳の時に父に死別したらしい。母は再婚したから、仕方なく二番目の姉さんの嫁ぎ先へ貰い子として入籍させられているんだよな。岐阜の町近くの各務《かがみ》に入籍したと思ったら、今度は寺へやられる。郷里の近隣にある雲黄山大智寺とかいう寺へ。そこでていよく追い出されるわけさ。出家、入山とは聞こえはよいが、ほんとはそんなものじゃないのだ。十九歳になって、やっと山を降りてきたという話だ。しかし、支考さんは寺で深い勉強をしていたから、浅学の俳家とは根本的に違うはずだ。美濃派の頭領になる実力も人柄もこうした環境の中で育ったものだろうよ。付け焼刃なんかじゃないから、きっと他の蕉門十哲の誰彼も支考さんには歯が立たないと思う……」

と、六兵衛は日頃の耳学問を娘に披露してみせたのでした。

千代女は、聞いていて父の話すことは間違っていないと思ったものです。

支考が他の門人、なかんずく江戸の其角《きかく》などから憎まれたり恨まれたりしていたという噂は千代女の耳にも届いていたのです。

支考が他の門人たちよりも若く、そして行動力もあって芭蕉に信頼されていることは、その当時誰の目にも明らかだったからです。つまり、師の面倒みがよいのでした。

「そうでしょうか」

「そうだ。理論が立つ。芭蕉の考えを市井の人たちに分かりやすく説明できるのは、支考先生だけではないのかい」

六兵衛は、可愛い娘と今は楽しく好きな話ができるこの幸福を神に感謝していました。

「まだわたしは勉強不足ということが、よく分かりました」

と、千代女は父に降参しました。

「千代はこれからだ。千代は基礎の勉強ができているのでわしは安心だよ」

聞いていた千代女は恥ずかしくなりました。顔面が赤くなって行くのが分かりました。

支考は、芭蕉の説えた「俗談平話」に徹した指導を、行脚の地で誰にも分かり易く説いて回りました。支考は講義が上手で、地方の俳諧人は、支考の弁舌に十人が十人みな魅了されるのでした。

この勢いで、美濃風は疾風となって各地に広がっていきました。支考は、当時の俳諧の大衆化に最も寄与した芭蕉の門人でありました。

その支考が、なんと元禄十一年（一六九八）の『伊勢新百韻』に乙由と登場しているのではありませんか。千代女は、そのことだけは知っておりました。どうして二人が一緒になったのでしょう。伊勢派の二代目と初代美濃派の支考のまさに百韻のたたかいではありませんか。

ところが冒頭から平和なものです。これが大将と大将のおもてむきの鍔《つば》迫り合いというものかも知れません。

凩《こがらし》の一日吹いて居りにけり　　団友
　烏もまじる里の麦まき　　乙由
鈴掛けて出たれば馬のうれしげに　　支考

最初、千代女はこの句集に接し「欲のない人たち」と直感しました。この平凡な句境は田舎の月並俳人たちにも劣ると思ったものです。

団友は、ただ朝から晩まで一日中木枯らしが吹きまくっている、と吟じただけです。

乙由は、さすが心のゆとりを笑いとして出しております。

文考は、馬は人間の子供じゃあるまいし鈴の音が嬉しげだ、というのです。彼等はこれでもほんとうに天下の優れた俳人たちなのだろうか、と正直思ってしまったことがありました。

今、それを懐かしく思い出したのです。

六兵衛の言葉を聞いて、千代女はちょっぴり自信を得たように思ったのです。そして、彼等の一見「欲のない」百韻こそが、芭蕉が提唱していた「かるみ」の風雅さ、だとは後で知って恥をかいた千代女の苦い体験でした。

「正式に文考先生の弟子になってみたいものです」

と、千代女は父に向かって言いました。

「きっと近いうちに加賀へも足をのばすはずだよ。その時を楽しみに、今のうちから、うんと本を読んだり書いたりしておくがいいよ」

六兵衛は、また仕事にとりかかりました。

加賀は完全に美濃派の中にありました。好んで遠くの伊勢派へ目を向ける者はいません。千代女もまた美濃派の支考に傾いておりました。一番弟子の盧元坊の弟子に無理矢理なってしまった千代女です。師の筋道から支考の弟子になるのが正当だったのです。

この話をすへ女にすると、すへ女もまた千代女と共に、支考の弟子になりたい、と言うのでした。珈涼女も加え、加賀には女俳諧師を許すような自由さがたしかにありました。これはひとえに前田候が学問や芸能の振興に力を注いできた賜物だと思うのです。お国柄というものでしょう。金沢では江戸のように朝から晩まで男たちが儒教だ儒教だと騒いではおりません。ご城下ご領内は共に平和で静かなものです。俳諧大いに結構だ、という風潮はまず武士から始まったものです。藩内きっての名門津田玄蕃《げんぱん》一万石の娘は、寺の俳人桃化の妻になっています。武家の格式を重んずる風潮の中にありながら津田玄蕃は、俳人というものの評価を高く踏んでおりました。風雅の分かる加賀武将だったことが、この重大な娘の婚礼の一件でもよく理解されるのではないでしょうか。

「すへさん、支考先生はきっと近いうちに加賀にやってくるそうです。それまで、もっと勉強しておきましょう」

相河屋を訪れたおり、千代女はすへ女に会ってこのように切磋琢磨《せっさたくま》を呼びかけておりました。養女のすへ女は、千代女に声をかけられるのがなによりの楽しみでした。

「ええ、そうしましょう。支考先生に嘲われないように、立派な句を挙げましょう」

「すへさんて、いつも明るいのねえ」

と、千代女もなんとなく楽しい気分になるのでした。千代女は十五歳。すへ女は年下だったので、まだ十三、四歳の筈です。それでも養子を迎えているので、二人は夫婦になっていたのです。少女妻のすへは、まだお嫁さんらしくない立ち振る舞いでありました。

千代女は娘むすめらしく見え始めていました。しかし、六兵衛のところには、まだ千代女の縁談は舞い込んできませんでした。千代女も自分自身の結婚のことなど、どうしてかまだ真剣に考えてみたことは一度もありませんでした。

「女が学問や俳諧などに手を出したので、うちの千代には結婚話も持ち上がらない」

と、母親のてごは嘆いておりましたが、父の六兵衛は平気でした。一日でも長く自分の手許に千代女を置いておきたい気持ちが、強くあったからです。見所のある可愛い娘の千代女をやすやすと他家の男どもにやることなど出来ないのだ、と固く思い込んでおりました。それでも千代女の横顔をのぞくと、確かに千代女はもう立派な娘になっているのを認めぬ訳にはいかないのでした。千代女は、十六歳の春を迎えていたからです。

8

梅さくや何がふっても春は春　　千代

立春。節分。まめまきもとうに済ませたのに、春は足踏みばかりしていて、なかなかこちらへやってきません。暖かい日が二、三日続き、やれやれ、今度こそ本番の春になってくれるか、と思いきやまた寒さがぶりかえします。三寒四温の繰り返しです。

梅が咲いてからも雪の降ることもままあります。順不同の春にいらだつこともありましたが、季節は正直で一足一足春に向かって進んでいたのです。

もう一か月も太陽を見せない厳冬もやっと終わり、北国にも春が訪れてきたのです。家の裏の田圃に出て見ると、土手に蕗《ふき》の薹《とう》が頭を上げて並んでいるのです。残雪もいつしか消え、雪に耐えた梅の花の香が、気持ちよくどこからともなく漂ってきたのではありませんか。

ああ、待ち遠しかった北国の春。「春は春」です。着実に春が足許に、やってきているのではありませんか。千代女は、はずむ心を押さえるのが精一杯です。そこで一句を挙げたのです。

梅さくや何がふっても春は春　　　千代

つぎに千代女は、「かるみ」ということを考えながら句を作りました。作為も排して、鶯の声のままに表現してみたのです。それが、実に早春そのものの立派な句になっていたのです。

のちに、「これでも俳句か」と痛烈に批判した人もありましたが、急いで里へ飛んで来た鶯の喜びは、そのまま作者の喜びでもあり、同時に春一番を告げる鶯の勇足がかるみとして面白いという評価と入れ替わってしまったのです。

俳句はなによりも風雅がなければならない、という芭蕉の述べた説があります。この説にも千代女の句は、かなっていることになりました。

鶯や又言ひなほし言ひなほし　　千代

子供にも作れるような平易な句です。それでありながら、含蓄に富んだ面白い絵や音楽になるような句となって、笑っているから不思議です。珈涼女やすへ女の句をぐんぐん引き離して、千代女の句は各界の評判になっていました。美濃で岐阜の廬元坊が、「千代女はわしの弟子だ」と自慢しているという風評も加賀に伝わってきました。

「あの娘は俳句の手筋がいいうえに、馬鹿熱心だからきっとものになる」

と、他の門弟たちに言い聞かせている様子を想像することはたやすいことです。

廬元坊のつぎは、この師の文考の評価を受けることになるのです。その日が待ち遠しい千代女の生活となりました。

千代女十六歳、正月の句です。

我裾の鳥も遊ぶやきそはじめ

てごの指導で縫った正月の晴着です。初めて袖を通す「きそはじめ」の正月元旦の朝です。晴着の裾には、お気に入りの小鳥の模様があざやかです。千代女が娘らしく足を運ぶと裾の小鳥も喜んで飛び上がったり、飛び降りたりする。小鳥までが正月気分になって、うきうきと遊んでいるようです。

着物の色や小鳥の色などは、読者の空想に委ねるのです。欲深くあれもこれも表現する必要はまったくないのです。

女性が作った、分かり易いばかりか気分までがさわやかになる気持ちよい句です。男性ばかりの俳諧の世界の中へ、今、千代女は一歩足を踏み入れたのでした。

加賀に千代女あり。

千代女は次第に女性俳人としての存在が知られていくようになったのでした。

その千代女に、ぼつぼつ縁談の話を持ってくる世話好きの人も現れるようになりました。けれども、やはり千代女はその気になれないのでした。俳句を作るのが面白くて、楽しくてたまらないのです。

「困った娘ですよ」

母親は、断る度に苦労するのでした。

「俳句を作っても飯の足しにもならないのですからね。これがほんと穀潰しというものですわ」

「始めから飯の種になるものか」

と六兵衛が助け船を出します。

「始めから終わりまでが穀潰し。で、なけりゃていのよい乞食でしょうに」

てごは、なかなか負けておりません。気性の強いところがあります。

確かに、さらさらと一句矢立てで書いた短冊が、その場でたちまち何文になるというものではありませんでした。芭蕉とて一宿一飯を他人様から頂戴するのに、どれほどの苦労苦痛に耐え忍んで生きたか、有名な話がいくらでもあります。

芭蕉が書いた十七か条の「掟」は、野州那須野郡高久の角左衛門方に所蔵されているということです。芭蕉が奥の細道の行脚のさい、書き記したものだという話です。

掟の一番目に芭蕉が書いた自戒をこめた文章がこれです。

一、一宿は可也。再宿すへからす。煖《あたたか》さる筵を思ふへし。

これはのちに「一宿なすとも故なき所に再宿すへからす。樹下石上に臥ともあたためざる筵をおもふへし」というもっと分かり易い表現として流布されるようになりました。

てごが言うように、俳諧人は乞食ではなかったのです。みな、芭蕉の掟を旅の死守すべき法度として実行しておりました。しかし、てごが痛烈に言ったように、旅の俳人たちのなかには、物を乞うのも平気な無頼の徒もいたのです。俳人として風上に置けないこうした徒輩は、自分はたれそれの高弟だと嘘を言って一宿一飯を求めるのです。むろん彼等は主人の求めに応じた句もさわやかに吟ずることはできません。少しも感心できないような句を作り、勿体振ってみせるのですからたまりません。「俳諧の外雑話すへからす」という掟なのに、世間話ばかりし、そのうえ、酒の饗応に喜び、酒の酔いにも任せ、ますます大法螺《ぼら》を吹いてやまないのでした。

松任にもそうした徒輩は、何人か現れたのでした。そのことをてごはよく知っておりました。娘の千代女が、俳諧の世界へ深く足を入れ、抜きさしできぬようになった時のことを思うと、やはり女親として心配でならないのでした。

「決してかかさんには心配かけません」

と、千代女はきっぱりと言いました。

「そうならいいけどね、千代や」

と、てごは力なく諦め顔で言うのでした。

千代女は、この母親を裏切ってはいけないと、心に固く誓いました。

家の外に出ると北国街道の宿場通りは、正月気分の雰囲気に包まれていました。

太陽があがっても、夕の月が小さく白山連峰の空にかかっているではありませんか。

屋根板の上に載せられた石の群が、春を迎える嬉しさで、今にも合唱でもしそうに見えるのです。

あの石の群れには、いつも不安を感じている千代女です。不意にあの石が頭の上に落ちてこないとも限らない。と彼女は怖ごわ見上げているのでしたが、今日はその不安な気持ちも消えていました。

「梅さくや何がふっても春は春」の間近い実感が、正月気分のなかから生まれていました。

「今日あたり、すへさんが遊びに来るといいのに」

松の内でさえ、酒造業の相河屋は忙しいのか、すへ女はまだ福増屋に顔を見せない。年賀の挨拶は、若お上の出る幕ではないにしても、千代女の女友達として気軽に現れてもよかったのに、と千代女が思うのも一理あります。

商売屋には、暮や正月がむしろ多忙なことを千代女もよくよく知ってはいました。知っていながら、千代女はすへ女に会いたかったのです。

千代女が出向くことは簡単です。しかし、先方の火事場のような様子を思うと、もう足は固くなって前に踏み出せないのです。「ひょっこり、来るといいのに」

千代女は、晴着姿で通りを歩いてみました。普段目に見えないものでも、新年正月の目にはなにか見えるものがあるかも知れないと考え、下宿から上宿の方へ歩いているのです。去年一年間、松任の店にいるようになって、町の通りの様子も少しは分かるようになりました。続けて二年間も松任の町を出ていたので、見なれているはずの町が新鮮に映ったものです。町ばかりでなく、すべてのものが新鮮に映るような生き生きした気持ちを持ち続けなければいけない、と自分に言い聞かせながら、今日は正月松の内、宿場通りを千代女は歩いているのです。

我裾の鳥も遊ぶやきそはじめ

着物の裾の鳥がさえずり始めると、屋根上の石の群も一斉にこれに和するように聞こえるではありませんか。

才能に恵まれたうえに町での美人評の高い千代女は、若い男たちの話題になりましたが、近寄り難い存在として、遠くから眺めるより他はありません。当分、千代女は結婚できないでしょう。千代女に相応しい男が、せまい松任には見当らないようです。

千代女の周囲に流れている風評をつくった種は、父の六兵衛にありました。六兵衛は気位が高く、千代女の教育に異常なほど熱心だったからです。六兵衛は、在の福増村の貧しい農家に生まれました。早く小僧として金沢の福屋へ出されたのでした。仕事がら勉強しなければ、いい職人にはなれないと気づいた六兵衛は、書画の知識を修めようと努力したのです。相手の客人と同等もしくは同等以上の博学を備え、持ち込まれた書画のよしあしやその画家や書家や学者、文人、好事家すべてに通じていなければならぬと懸命に独力で自分の道を拓いて来たのでありました。

六兵衛は、恵まれた境遇に育ったなら、画家になりたい、と思っていたものです。今でも、そう思っていました。持ち込まれた画を表装する時など、それが天下に名を轟かす名人のものであれば、つい金のことは忘れて仕事にのめり込んでしまい、いつも大損の商売をしてしまうのでした。

輪島の風狂人漆商三代目孫左衛門がそんな六兵衛に意気投合し、輪島の町で一番腕のよい某漆匠に、福増屋の看板をつくらせて、贈ってきたのでした。奇特な人もいたものです。どちらもどちらです。

表具屋に相応しい看板は、松任の名物の一つになったのはいうまでもないことです。その看板が、千代女が晴着姿で出て行くのをじっと見送っていたのであります。

9

千代女が十七歳の時、支考が松任の芸のこんだ福増屋の看板を目当てにやって来ました。六兵衛も妻のてご共にこの大先生を歓待しました。

松任へ来て福増屋へ宿をとるということだけで、福増屋の誇りとなるのです。松任には相河屋という実力者の家がありましたが、支考は、弟子の盧元坊から千代女の話を聞いたり、また句を目にしたりしていましたから、加賀へ行ったら、まず松任の千代女に会おうと計画しておりました。

支考は、どんな娘だろうかと、行脚の秋空の下で、千代女のことを考え、会うのを楽しみにしておりました。

支考は、師の芭蕉の老後の身辺の面倒をよくみた人です。師の生誕地伊賀で『続猿簑』の撰に参加したこともあります。それに第一、芭蕉の臨終をみとった弟子の中の弟子でした。理論家で『俳諧十論』を著してもいました。芭蕉なきあと、俳諧を全国に普及しようとしてほぼ成功したその功績は広く認められていました。

千代女に会ったのは五十三歳の頃でした。五十三歳と言えば、当時の人たちは老人扱いをしたり、されたりする年齢でした。

新女弟子の千代女は、父親のような年齢の師と早速句の手合せを始めました。

正式な弟子となった千代女は「いなづま」の題で、一句挙げて師に教えをうけました。

いなづまのすそをぬらすや水の上　　千代

支考は、なるほど娘らしい視点で、俳句をつくる千代女の鋭い才気を知って、噂さに違わず素晴らしい若い俳人、しかも世にまだ珍しい女の俳人がここに確かに存在することに驚くと共に、また大いに喜んだのでした。

支考は、美濃派の統率者らしく、千代女の存在は、この美濃派の隆盛のために大いに宣伝ともなるな、と余計なことまで考えてしまったようです。

雷光が千代女の着物の裾をぬらしたのではないのです。川の上に美しくも怖い雷光がキラっと走ったその情景を、手早く人の姿に置きかえたのです。千代女の、ものを観察する能力は、対象を自在に句境の中へいざなう応用として、いかんなく発揮されていたのです。

そこで師の支考は、この千代女のために、千代女の現実の姿を句の中に定着させてみたのでした。

をしむなよふようのかげの雨やどり　　支考

支考は千代女を白い花の芙蓉《ふよう》にたとえて賛めあげたのでした。花にもさまざまな花がありますが、晩夏に咲く大きな白い色の芙蓉の花を千代女にたとえたのはさすがです。

珈涼女のような先輩の賢い女性でも、いつか千代女の人柄、千代女の人徳のようなものに惹かれて、年下の彼女の前で素直になってしまったのですから、大形の芙蓉はそのまま、大形の俳人に共通しているように思えるのではありませんか。支考は、千代女をよく見抜いていたのだと思えるのです。

この加賀への旅で、千代女を正式に美濃派に迎えたのは大きな成果だと思いました。それというのも、越後、越中、越前とこの加賀の一帯を美濃風の俳諧にしたのは支考だったのですが、近頃、尾州名護屋の沢露川《ろせん》が、この地元に足を向け、折角美濃派の支配としたところを、遠慮もなく侵略しているという報を支考はうけていたのでした。これではたまったものではありません。そもそも露川は、支考が取り持って芭蕉の門弟にしてやった経緯があったのにもかかわらず、この始末です。恩を仇で返すとはこの事ではありませんか。支考の心はおだやかではありません。

今回の加賀へのほんとうの旅は、露川などに攻められてたまるか、という姿勢を天下に示すための行脚だったのでした。

宝永三年（一七〇六）に荒屋市郎右衛門を世襲している珠数屋の家業を養子に譲り、伊賀友生の産沢露川は、当時蟄居のお咎めをうけていた名家渡辺家へ養子として入り、専ら俳諧を業としました。そのためにか剃髪して、号も月空庵としました。この庵で彼は俳諧に専心するようになったのです。根が商売人でしたから、いくら珠数を手にして行脚しても、相手との間についつい商人らしい才覚が現れるのでした。

この気軽さと明るさが、地方の田舎俳人にうけたのです。露川は、この行脚で味をしめ、自分の俳風を広めようと意欲的になり、越中方面に足を向けました。ひと頃は、加賀に北枝あり、尾張に露川あり、と人びとから好評を得ていたこともありましたが、芭蕉亡きあとは、支考の勢いにのまれてしまいました。

千代女と別れた二年後、支考は越中の不動観音で偶然、侵略者露川に出会ったのです。しかし露川も支考も正面衝突を避け、互に平静を装って西東に別れたのでした。

支考は露川の態度を許すことが出来ず、わざわざ『露川責《ろせんぜめ》』という本まで書いたほどでした。蕉門を利用して、自作を売り歩く徒と非難したのです。一方、露川は『合楔《あいくさび》』を著し、芭蕉の俳句論を勝手につくり、売り歩くのはお前の方ではないのか、とやり返していたのです。

二人の論争は感情的なやりとりでしたので、俳諧の世界にとくに寄与したものはありません。共に傷つけ合っただけのことでした。この論争から十年前後して、支考は亡くなりました。支考のみならず、芭蕉の十哲と言われたような巨匠たちはもう誰もいなくなるのです。ひとり露川だけが寿命を許されておりました。したがって、露川も時を得て俳壇からしばらくの間、巨匠の評を得たのでした。

露川の句は尾張蕉門派の中では光っていました。蕉門の森川許六なども賛めたことがありました。

分別をはなれて海の月夜かな　　露川
浦の穂に声吹戻すわかれ哉　　同

支考が露川を責めたのは、とにもかくにも故人芭蕉翁を売物にしていて、露川のものはなにもない。

これは俳諧の害の他はなにもない不届、黙って見てはおられないぞ、一刻も早く前非を悔いて、この支考さまのところへ入門せよ、という強気なものであります。

支考が怒ったのは露川の北越行脚により、支考の門人たちが動揺したからです。露川の『合楔』に対して、もう支考は反論しませんでした。支考には廬元坊という愛弟子がおり、いざという時は、神出鬼没の行動で師をよく助けてきたからです。結局、露川は美濃派を部分的にも支配することは出来ませんでした。

美濃派は伊勢派と合して共に蕉門を全国に広げて行ったのです。

支考という人物は、とても一筋縄ではいかない不思議な人、という評判です。賛める人の裏には非難する人もまた当然いました。欺瞞的な男だ。老獪な男だ。千代女の耳にもそんな噂が達します。師の芭蕉が弟子の去来に宛てた手紙からも、支考の遠慮のない自由人としての支考をよく表現しているように思われました。

「（前略）盤子《ばんし》は二月初めに奥州へ下り候ふ。いまだ帰り申さず候ふ。こいつ（支考）は役に立つやつにて御座なく候ふ。其角を初め連衆皆皆悪《にく》み立て候へば、是非なく候ふ。尤もなげぶし何とやら、をどりなどで、酒さへ呑めば馬鹿尽し候へば、愚庵（芭蕉）気をつめ候事成り難く候ふ（後略）」

支考が酒を飲むと、手がつけられません。紅灯の街に流行しているらしい投げ節を唄いまくり馬鹿騒ぎをして相手や周囲のことなど眼中にない、という始末です。師はそれをよく知っていたのです。

支考が面白いのは京都で生前葬をしたことです。そのうえ追善集まで編集発行していたのですから、念の入った所業です。この本の中では、死んだ支考は「先師」として生まれ変わっているのです。

これはまさに風狂的な遊戯です。すると露川と同派の尾張名護屋の越人《えつじん》が、すぐさま反応して、「蕉門のばけもの」だと、支考を攻撃してきたのです。そのようなことがあることを承知で支考は、風狂的な風雅というものの中に生きていたように思えてなりません。

生前中、統率の地位を弟子に禅譲したところなど、天晴れな態度だと弟子たちは改めて尊敬したものでした。

馬の耳すぼめて寒し梨の花　　文考
今一俵炭を買うか春の雪　　同
鶯《うぐいす》の肝つぶしたる寒さかな　　同

千代女の大好きな師の句です。

支考が福増屋を出て旅に出て行ったあとで、六兵衛は支考の句はやはりこれが一番だ、と千代女やてごに説明するのでした。

　気みじかし夜ながし老の物狂ひ　　　　支考

こんな句が一番よい、と主張する父の顔を見直す千代女です。そして母と見較べている千代女です。

「かかもととも年とったものだなあ」

と、口に出てしまいそうになりました。「わたしが十七歳にもなっているから、当り前のことなのに」

そう千代女は今更のように驚いたのです。

六兵衛は再び朗読しだしたのであります。

　気みじかし夜ながし老の物狂ひ

母親のてごが珍しく同感の合図か、夫の朗詠に深く頷いておりました。

てごも、このような支考の句は分かるのかも知れません。

10

春の夜のゆめ見て咲くやかへり花　　千代

季節はずれに咲く花を見かけることがよくあります。春咲く花が、どうしてか秋にわびしく咲いているのではありませんか。

こんな花のことを「かへり花」と言います。また、「狂い咲き」とも言われます。どちらにしても耳に聞こえのよくない言葉でしかありません。

千代女は、宿の聖興寺の境内で、かへり花を見てしまいました。

桜の花が数輪、南面に伸びた一枝の先端に咲いていていました。異端者のように映りました。

「可哀相に。またどうしてお前さんたちだけが咲いたの」

思わず千代女は声をかけてしまいました。優しい千代女は、慰めるつもりで言ったのでした。

その頃、千代女に縁談が持ち上がりました。花の十八歳になっておりました。縁談は、金沢の雪翁が持ってきたのです。

金沢での名士雪翁は、武士たちとも交際があって、嫁の世話を頼まれていたのでした。加賀前田候百万石の武士とすれば、足軽でも他藩の足軽と待遇が桁違いです。立派な藩士に違いはありません。

雪翁が持ってきた相手の身分が、その足軽だったのです。千代女が少女の頃、よく馬繋ぎ石に腰かけて日がな一日中眺めていた参勤交替のための行列で、籠や馬の武将の前後で槍をかついで歩いていたのが足軽衆でした。籠や馬には間違っても乗ることのない下級武士が足軽でした。しかし、いざ戦争ともなれば、歩兵となって一番活躍するので、藩主から大いに期待される兵隊が足軽という階級なのです。

「ご城下では大組足軽です。中組や小組よりも上段格なんだな。福岡盛七郎という男だ。福増屋の福と題字が揃うのもなにかの縁というものだ。もう、千代女を手放してもよかろうに」

六兵衛も、その日のための覚悟はできておりました。手前どもは、一も二もなくと快く承知したのです。と両親が承知すれば、娘の千代女には異存はないことになります。それが当時の習慣でした。

子供の結婚話は当事者に相談もなくすすめられ、決まってしまうものなのです。

いざ結婚してみると福岡盛七郎は大組ではなく中組の足軽だったのです。雪翁が少しでも聞えのよい大組だと、つい口を滑らせたのです。

福岡家には姑と盛七郎の弟がいました。雪翁が推薦した男だけに、盛七郎は文武両道に励んでおりました。雪翁主催の句会にも顔を出していただけに、俳句を作る風雅さもあって、千代女は、夫盛七郎が好きになれました。

夫婦で俳諧の話が出来るのは、楽しいものです。盛七郎との新婚生活には、なんの不満もありませんでした。ただ、少し気にかかるのは夫の体調が余りよいとは言えないことです。

夫は少しご城内で無理すれば、すぐ体調を崩し、下痢を併発しました。胃腸が弱いのでした。

「お前さんに、俳句を習いたいものだ」

と、夫は病床で千代女に甘えます。

「早くお元気になりましたら」

と、千代女は新妻らしく夫に暖かく返答しています。

千代女はすっかり俳諧のことを忘れ、結婚の幸福の渦中に身を任せておりました。夢のような金沢の武家屋敷での生活は、月日のたつのが無性に早いのでした。

義母も義弟もよい人に映りました。夫がご城内から帰ってきて、「疲れた」という一言を千代女に浴びせるのが、ただひとつ辛いことでありました。

「おつとめご苦労さまでございました」

と千代女は武士の妻らしく、親しきなかにも丁寧な言葉で挨拶します。

「雪翁先生が千代女はどうしている、と聞かれたよ」

盛七郎は困ったような表情で話しました。

「多分、俳句の勉強をしているか、という意味だったと思う」

と、夫は続けて言うのでした。

「返答に困った」

しばらくしてから返答したと言うのでした。

「息災です、お陰さまで」

二人は思わず一緒に笑ってしまいました。笑い終わってから、盛七郎が改まって声をかけたのです。

「済まんのう」

夫は千代女が俳諧から離れていることを知っていました。武士の妻として、俳諧に夢中になることは許せない、と自分に言い聞かせていた千代女だったのです。そのことを夫はちゃんと見抜いていたからです。

「ご心配無用です」

と、千代女は夫に言いました。体の不調な夫は何事にも敏感だったのです。千代女もそのことを気づいていましたから、夫が不憫に思えてなりません。

新進の千代女に、仲人の雪翁も彼の娘の珈涼女も今のところは、声をかけてきません。金沢での生活は、盛七郎と千代女だけの仲睦まじい月日の連続でした。

しかし、すへ女から時折便りがありました。淋しがり屋のすへ女は、千代女が金沢へ嫁ぐと、松任は火の消えたような町にしか思えなくなり、ひたすら千代女への便りを書くことになるのでした。千代女も松任が懐しく思い出されてきます。老いた父母のことも心配になります。そんな時には、どうしてか盧元坊に提示した一句のあの夜、あの朝のことが脈絡もなく千代女の頭を駆け巡って行くのでした。

ほととぎすほととぎすとて明けにけり

知らぬが仏で夢中で句作した十四歳の少女の頃が急に懐かしく思い浮かんできます。偶然の一致でした。

娘ざかりの十八歳の今日この頃、白山の雪解けの水で育った千代女の白い顔が、驚くほど知性的にまばゆく輝いてきました。濃い眉毛と涼しげな睫が、彼女の魅力的な目を形どっておりました。右の口元の下に小さな黒子がありました。

顔色のすぐれない夫盛七郎が休んでいる次の間で、千代女は無言で裁縫をしておりました。母てごに仕込まれた腕ですから、針を持っても困るようなことは何ひとつありませんでした。

――夫が早く元気になってほしい。

そう神仏に念じながら、千代女は器用に運針を続けるのでした。夜は静かです。武家屋敷とは名ばかりで、この辺一帯はみな長屋に毛の生えたような粗末な家ばかりです。女親と義弟と夫婦二人、四人で食べるのが精一杯です。これが足軽の辛いところです。しかし、千代女はそんなことには少しも気を使いません。千代女には欲がないのでした。家族が無事なんとか食べていけるだけで十分なのです。この心持ちが、俳人には大切なのです。千代女は支考を通じ、芭蕉の詩心を教えて貰っておりました。ならして立派な旦那衆には、いい句が生まれません。高級武士や大商人には、優れた俳人はまずいないのです。ですから、この貧しさは天が恵んで下さったものばかり、と千代女はこの生活に感謝しておりました。

夫の福岡盛七郎を責めてはいけないのです。大組の足軽になり、禄が加増されるように、と夫に辛く当たることはしませんでした。

夫が隣の部屋で寝返りをしたようです。また、元のように静寂になりました。

この夜、千代女は一句を挙げました。久しぶりに気に入った句です。彼女は忘れぬうちに、記帳しておきました。

縫物に針のこぼるる鶉《うづら》かな　　千代女

「うづら」は、早朝や暮れ六つによく鳴きます。けたたましくもさびしい鳴き声です。頭は小さく、全身茶色ですが、よく見ると白と黒の斑《まだら》模様があります。

ながい秋の夜もふけて行きます。行灯《あんどん》の明りで、千代女は裁縫をしていました。行灯の明りは、時どき、明るくなったり暗くなったり揺れ動きます。風もないのに、炎がゆらぐのでした。じりじりという油の燃える音がどうしたはずみか微かに聞えてくることもあります。油が少なくなってきたのかも知れないと、千代女は思います。しかし、そんな筈はないのです。十分、油は差しておいたのです。

また、彼女は針を動かします。

その時です。辺りの静寂を突然破ってうづらが鳴いたのです。驚いた千代女は、思わずはっとして針を落してしまったのです。針を使っていた指の先が、冷たく感じました。

庭の落葉を掃かなくては、ともう次のことを考え出していました。

うづらは、兼六園の方から飛んできたものでしょうか。

うづらと言えば評判の高い『鶉衣』を思い出します。尾張名護屋の露川と同じ水を飲んで育った横井也有《やゆう》のことです。也有の姓は横井、俗名を孫左衛門と言いました。尾張徳川家の藩士で、じつに千三百石の禄を食んでいたほどの金持ちです。しかし、珍しく俳諧の中で異色な存在でした。

也有は篤実謹厚で芭蕉の風雅を独学で身につけ、あえて師を求めようとしなかったのでした。芭蕉の親友で芭蕉が尊敬していた甲斐国出身だという山口素堂に似たところもありました。素堂は師を求めず弟子を取らず、孤高の俳家で一生を過ごしました。也有はそうした素堂のような生き方を可としておりました。

「ひとりで楽しむのが真の俳諧じゃよ。師弟の結びつきは面倒臭いし、また恥ずかしいことじゃ」

と誰に向かってもこの持論を吐いておりました。

千三百石の也有は、「俳諧の掟」を守って生活しておりましたから、貧しい世の旅の俳人と同質だと断じてもよい、と思う人たちが大勢いました。「酒は膳の前後すべて、三杯を過ぐべからず」と決めて実行しておりました。千三百石でも「飯は三石の掟を守るべし」と肝に命じておりました。

也有は参勤の供で東海道や木曽路を往復したことがありました。暇を盗んで伊勢路や京大阪まで足をのばしたこともあります。それらのことは、みな文章に書きとめました。紀行文のみならず、隠居すれば隠居の文、剃髪すれば剃髪の文と味のある文章を書き残しました。世の文芸人は也有の文章は芭蕉以後の第一人者と称しました。とくにのちの大田蜀山人《しょくさんじん》などは也有の俳文をなにかと推奨しておりました。也有の人柄がよかったのでしょう。千代女のように欲がなかったのが、也有の文章に光を与えたものと考えられましょうや。

師をもたず弟子も取らずの也有は、恐いものなしの自由人でした。近くの露川のように支考の領地へ足を踏み込み、侵略者などと言われることもなかったのです。

也有は真実だけを歯に衣を着せずに、もの申してきました。千三百石という貫禄もあってのことでしょう、と評する人は、ちょっとした妬《ねた》みもありました。

千代女の師の支考も也有の前では、まったくの形なしだったことが分かります。

「（前略）芭蕉の文は正しくて俗中に雅を失はず、たとへはやごとなく人の編笠羽織にやのして花のもとの床几《しやうぎ》によりたれど、田楽団子に手を触れず、茶ばかり飲みてやすらひたるが如し、その位に至らぬんや及ぶ事かたからん。

東花坊支考が文ははたらきて迫らず、おもしろくいひなぐりて情を含ませたり、たとへば諸芸に勝れたる常世男《たうせいおとこ》の一座の輿に三味線とりて、相の手ばかり弾きすてたるが如し。

彦根の許六は、物の姿情をよくいひて、詞を飾るにおくれたれば、やや卑《いや》しきに似たれども、さりとて雅趣のなきにあらず。

たとへば何がしの忠右衛門など、人に顔よく見知られて、駒下駄に尺八吹きて、大道に肩いからし、あはれ傍らに人なきが如しといはん。其余碌々たるは論に及ばず」

と、言った調子の文芸批評は、俳諧の話の種、座興の話題として持て囃されたものでした。

「加賀の千代女は美人薄命、嫁に入った先で死んだらしいぞ」

名護屋や京大阪では、女流俳人登場の声もつかの間、千代女の死亡説が流布されていたのでした。

千代女が俳諧から姿を消していたからでした。

春の夜のゆめ見て咲くやかへり花

千代女は、この句が不吉な句となるなどとは、露ほども思ったことはありませんでした。「かへり花」は、誰あろう千代女自身であったとは神でない身の千代女、知る由もありませんでした。

千代女の人生が狂ってしまったのでした。そのことも知らず、夫のために夜遅くまで針仕事に精を出していたのでした。

夫盛七郎の寝息を聞くのが、彼女の幸せでした。夫の側近くでなんの悩みもなく、こうしていることが言葉として言えばもっともせつない平安というものでありました。

縫物に針のこぼるる鶉かな　　千代

千代には女性ならではの句が他にも数多くありました。みだしなみを忘れぬ心掛けの証《あかし》です。

衣がえみづから織らぬつみふかし
花の香にうしろ見せてや更衣
何着てもうつくしうなる月見哉
かたびらの襟には重し萩の音
朝の日のすそにとどかぬ寒さかな
我裾の鳥も遊ぶやきそはじめ

花鳥の句も多くあります。味の深い句になっております。

花や葉にはづかしいほど長瓢
花にさえ出ほしむあしをわかなかな
一筋にゆりはうつむくばかりなり
蝶々や何を夢見て羽づかい
花は桜まことの雲は消にけり
花と針の心問たき茨かな

つぎのような問題を含む面白い句は、千代女が、時に何を考えていたか、句に接した者は相手を身近に感じ、思わず親しみを覚えずにはいられません。

闇の夜はなにをまもるや女郎花
俊成の女とは誰としのくれ
髪を結ふ手の隙《ひま》あけてこたつかな
待暮も曙もなき紙子かな

このようにどの句も千代女の人柄をいかんなく表現しております。難解な句は少ないのです。男性俳人が見逃す視界に、千代女の眼は細部まで行き届いているのです。自然、人々からすすんで迎え入れられていたのです。平易でありながらそれなりの句の心、句の質に品位が見られるのは、千代女の日常の生き方にあった筈でありました。句は美しい千代女の心の反映に間違いなかったのです。俳諧の人たちばかりでなく、多くの人々が句を高く評価し、千代女を特別に畏敬していたのも千代女の陰徳のようなものが備っていたからなのです。

第二部　釣瓶《つるべ》とられて

――乙由へのほのかな愛と別れ…

1

ながかった元禄時代は赤穂四十七士の切腹により、彼等が義士となって生まれ変わった時に、時代の幕を閉じようとしておりました。千代女はそうした折に誕生しました。

その頃江戸の萱場《かやば》町に榎本其角《きかく》が住んでおりました。蕉門十哲筆頭の誇り高いこの男は、隣家の大儒荻生徂来など眼中にありませんでした。

梅が香や隣は荻生惣右衛門　　其角

などと口ずさんで彼を諷刺しておりました。天下の儒学者より、天下の俳人の方が偉いと思っていたものでした。

赤穂義士の一人大高源吾忠雄は、俳号を子葉と呼んでおりました。其角の友人でしたが、事実上は弟子のような位置にありました。元禄十五年の師走のことでした。二人は両国の橋の上でばったりと出会いました。

「やあ」

「やあ」

と、元気に声をかけあったのですが、子葉の衣装が以前に較べ余りにもみすぼらしいので、其角は何事かと、はっと閃くのでした。

見れば子葉は、煤竹《すすだけ》を担いでおります。

――なにか、あるのだな。

其角は、子葉が主君の仇を打とうとしているな、その時刻も今日明日に迫っているな、と直感しました。子葉と別れた次の夜、其角はある旗本の家で句会を開いておりました。その旗本の屋敷は、吉良邸の隣にあったのでした。句会は楽しく、時のたつのを忘れていた其角でした。

ところが、隣の吉良邸の方から激しい戦闘の声がにわかに響き渡ってきたのではありませんか。句会の席にいた俳人たちは、さっと顔色を変え浮き足だっております。この時、其角だけは少しも驚かず、むしろにこにこしていました。子葉、やっとるな、と直感したからです。

度胸のある其角はこの家の主人と共に屋根にのぼり、隣家の様子を上から偵察に行きました。

ほぼ同時に、旗本の門を叩く者がおりました。主人は急いで屋根から下り、門を開きました。

主人が見ると、相手の男の衣服は血を浴び、すでに激戦をくぐって来た勇者と見うけられるのでした。

「拙者《それがし》は、浅野家の臣、大高源吾忠雄と申す者でござる。只今同志と共にご隣家吉良邸へ主人長矩《ながのり》の仇を報いんため討ち入ったところであるが、火の元には十分用心を致しております故、ご心配なきようお知らせに参上つかまつりました。ご迷惑は決しておかけ申さぬ所存でござる。もしものことがあれば、浪人共後世恨みを甘受せねばなりませぬ」

屋根上の其角は、やい、あれは子葉の声、子葉の姿ではないかと、足を滑らせ、どすんと庭に落ち右足を折ってしまいました。「やい、やい子葉殿、其角じゃ、手前は其角じゃ、安心なさいませ」

其角は足の痛さも忘れ子葉の主君の仇討ちを知り、彼の手をとり涙を流して喜びました。

「ようやった、子葉殿」

子葉はきっぱりと其角にいいました。

「かたじけない。これでもうこの世に何の用もない。さらばじゃ」

「子葉殿は、ご立派な武士です」

子葉はすぐ吉良邸へ引き返して行きました。

千代女は、其角が江戸で子葉と仇討ちの一夜の前日両国で橋の上でばったり会ったように、また一日おいて、今度は仇討の夜に暗い戸外の寒さの中で偶然会っていたまさにその頃、松任の宿場町に生まれたのでした。生まれて間もなく、世は宝永元年（一七〇四）になっていました。

赤ん坊だったその千代女が今、福岡盛七郎の子を身籠もったらしいのでした。

夫の体の具合はよくなるどころか、日毎に悪化しておりました。ご城内の勤めもままならず、休みがちになってしまったのです。千代女の看病も薬石も、ついには効なく、盛七郎はあっけなく他界したのでした。たった半年ほどの短い新婚生活にすぎません。千代女は悲しみで狂いそうになりました。しかし、おなかに、盛七郎の子が息づいていることで、気を取り直し、一日、また一日と無味な時間に耐えていました。

耐えてることで精一杯の千代女に難題を持ちかけてきたのは義母のとめでした。千代女には、今まで義母のとめのことなど少しも気にならず、自由な嫁の立場で生きてきたのでした。しかし夫の死後いちいち千代女の前にとめが立ちはだかるようになるのが心苦しくなりました。

とめは急に別人のようになってしまいました。少しばかり大きなおなかをしている千代女に、とめは諦めずに難問題を強要してはばからないのです。「盛右衛門と一緒になってくれよ」

千代女は、義弟の盛右衛門は好きではありません。そのうえ、夫の四十九日の法事さえもまだしていないのです。無理やり千代女に勝手な再婚を迫るとめの強引なやり口が気に入りません。「かかさん、それだけは堪忍して下さい」

と、千代女ははっきり断りますが、次の日になりますと、また同じことをとめは繰り返すので、千代女はいたたまれなくなってしまうのでした。

とめは、雪翁の仲人で福岡家へ嫁いで来た千代女が気に入っておりました。その嫁を不憫に感じたので、弟の盛右衛門と一緒にしようと考えたのです。

千代女が、いやだとは言わないだろうと、とめは最初のうちは疑いもなく信じていたのでした。とめにはとめの誇りがありました。かりにも福岡家は武家です。ご城下百万石に仕えている武士です。足軽の中では上位におりました。頼もしくなった盛七郎も文芸に通じ、足軽頭らしくもなく、俳諧人と交際していたのです。その意味では、福岡家は十分格式はあったのです。少なくとも、とめはそう信じておりました。

いくら千代女が新進の閨秀《けいしゅう》俳人にせよ、田舎町の松任在のしかも、たかだか表具商の娘ではないか。職人の娘と武家の息子とでは、どだい不釣り合いというものです。雪翁の顔を立て、当方が折れて、婚約が成立したではなかったのか。

とめは、今さらになってそう思うようになっておりました。

「せめて一周忌が終わりましたら、考えさせていただきます」

と、千代女は義母に申し上げるのでした。しかし、とめはその言葉を聞こうとする聞く耳を持っておりません。

「おなかの子が生まれないうちでなければだめです」

と、とめはきっぱりと攻め立てて断言しました。

「一日でも早いにこしたことはありません」

もう千代女には返す言葉が見つからないのです。

「わたしの一存では……」

「なんてことはない。お前がはいと一言いえば済むことだ」

「松任の両親に相談してみます」

「そんな必要はありません。お前は福岡家の人です。当家の親の言う通りにすればよいのだ」

とめの言葉には、刺がありました。

千代女は涙を見せず、じっと我慢していました。おなかの子のためにも、冷静でなければならない、と弱気になる自分自身を戒め、一生懸命鼓舞しながら耐えておりました。こんな時、千代女は俳諧を学んでいたことが、心の支えになっていると実感していました。

——ああ、また俳句を書きたいなあ。

と、つくずく千代女は思うのでした。

千代女は伊勢の松坂の先輩女流俳人斯波園女《しばそのじょ》のことを知っておりました。千代女がこの園女とよく比較されておりましたから、自然その人のことがよく分かっていたのです。

負うた子に髪なぶらるる暑さ哉　　園女

千代女は園女を越えたいと思うようになったのです。きっと、間もなく園女の吟じた句のように、わたしも……と思うと、胸が痛くなりました。

元禄五年、園女も夫の岡西惟中《いちゅう》に早く先立たれていました。夫の惟中も俳人でした。夫婦揃って芭蕉を尊敬していました。芭蕉が松坂に来ると、二人は芭蕉を自宅へ招き、懇《ねんご》ろに接待したのです。園女の立ち振る舞いが好ましく、芭蕉は園女の人間性に感心してしまいました。

白菊や目に立てて見る塵もなし　　芭蕉

千代女は、このように俳聖芭蕉から誉められた園女を心から羨望しておりました。そして密かに園女を目標として俳諧に励んできたのも事実です。

園女は、芭蕉の句に脇をつけました。

　紅葉に水を流す朝月　　　　園女

　この園女も六年後に六十三歳で亡くなったという噂が千代女の許にとどくことになるのでした。享保十年（一七二五）のことです。

　園女には面白い話が伝わっております。ある時、路上に立ちながら園女は袖裏の紅絹《もみ》を、ビリビリと裂いていたのです。

「どうしたのですか」

と往来の人が不思議に思ってつい質問します。「ああ、このことですか。下駄の鼻緒《はなお》が切れましたから、鼻緒の代わりにするのですよ」

　女にとって大事な着物の袖裏を平気で鼻緒にする園女のこの行動が、江戸の町人の話題には申し分なく見事に合格したのです。張文庫の蓋を、水流しの代用にしたこともありました。これも話の種になりました。

　老いて仏道に入り、名も知鏡《ちきょう》と改め、頭をまるめました。このさい脳天になぜか髪の毛をひとにぎりほど残して置きました。これは明らかに園女の老いの伊達と思わぬ訳にはまいりません。死ぬ三年前のことでした。この時の雲居和尚への園女の答申書があります。

「来書の趣拝見申し候。真を求めず忘を求めずとは大道の根源、誰も存ずるところ、はばかりながら珍しからず候。一心源頭にのぼりての所作、柳は線、花は紅《くれない》、ただそのままにして、常に句をいい、歌を綴て遊び申し候ことに候。無益《むやく》の口業ならば、一切経を無益の口業にて候。法《のり》くさき事は嫌いにて、わが平生の行いは、念仏と句と歌となり。極楽へ行くはよし、地獄へ落《おつ》るは目出度し。

誰か見ん誰か知るべき有るにあらず
無きにもあらぬ法のともし火」

園女の奇行は、風雅に通じておりました。千代女は、直接、俳聖芭蕉に会ったことはない少し時代におくれて来た俳人でしたが、芭蕉に接した俳人たちに負けないように心がけておりました。千代女は、出産を理由に実家に帰ることを決意しました。住みなれた松任へ帰ろう。千代女十九歳の時でした。

春の花のゆめ見て咲くやかへり花　　千代

とめが止めるのも振り切って、この句のように千代女は固い決意で実家へ帰って来たのでした。

2

福増屋は、久しぶりで賑やかになりました。千代女もいつまでも盛七郎のことを思っている訳にもいきません。今は七月に誕生した彌市のことで頭の中は一杯になっていました。

父の六兵衛も孫が生まれ、嬉しくて、仕事に手がつかない様子です。

育児の先生はなんといっても母のてごです。千代女には、その経験がありませんので、どうしてよいのか分からぬことだらけです。

彌市の頭はまだ赤ん坊ですから、これから百面相の変化がある筈なのです。けれども、六兵衛もてごも、千代女によく似ていると繰り返すのです。

「金沢には似ていないの?」

と、あえて千代女が言います。

「似ていない、似ていない」

と、てごも六兵衛も口を合わせて強く否定します。

「ほんとうかしら」

と、千代女は疑わしそうに言い返します。千代女には、盛七郎にも似ているように見えるのでした。相河屋《そうごや》のすへ女も来ると両親と同じ様なことを言いました。

「彌市坊は、千代姉さんそっくり」

と、言って、彌市坊の頬を軽くつつくのです。そして、口を尖らしながら、あやすのを忘れません。誰にとって見ても、可愛い彌市は千代女の宝になっていました。

よく考えてみれば、すへ女は盛七郎をまったく知りません。知らないから、千代女に似ているとしか思えないのでしょう。

金沢のとめから、一度だけ帰ってくるように、という知らせがありました。しかし、福増屋では雪翁を立て、断りました。それからは何の音沙汰もありません。福岡家とはこれで絶縁したことになったのでした。

千代女は、彌市、やいちで明け暮れていました。俳諧どころの騒ぎではありません。ところが紫仙《しせん》女《じょ》から便りがありました。近いうちに松任まで足をのばしたい、という彼女の希望が書いてありました。

千代女に会いたいのです。

紫仙女は金沢の野角《のすみ》家の夫人です。正月明け、名護屋の沢露川《ろせん》が金沢へ来て俳席を設けるので、顔を出してほしい、という要請が雪翁から千代女にありました。とめとの間で、頭が重い時が時だけに、渡りに舟と喜んで句会へ彼女はいそいそと出てみました。この席で千代女ははじめて紫仙女と知り会ったのでした。

露川は、支考とのいざこざがあっても三越や加賀への進取の欲望は強く、千代女が支考の弟子であろうがなかろうが、俳諧の世界の人という一点で、句会へ招く糞度胸がありました。

千代女も美濃風の一人として、うけて立たなければ、と欠席する訳には参りません。千代女が久々に句会へ顔を出したので、露川はともかく、金沢の俳人たちはみな驚きました。千代女が句会に出席しただけで、尾張名古護風の露川に傾くものは、少なくとも金沢にはおりませんでした。

支考の実力には、この地方では歯が立たないのでした。千代女の存在もありました。金沢での露川は、自分の俳諧を遠慮して引っ込めておりました。自分の俳風を述べても理解されないだろうと諦め始めたのです。

珈涼《かりょう》女や紫仙女や千代女の出現は、金沢の俳席をあでやかにしました。

「金沢のご城下には才女が大勢いますな」

と、露川はお愛想のいいことを言いました。

上座にいた雪翁が当然のことだと言わんばかりに言葉を返していました。

「白山の雪解け水のせいですよ。ご城下の水は日本一ですから、金沢に育てばみなこうなりますな」

「恐れいりました」

と、露川は言って頭をかきました。

この席で千代女は露川を意識して吟じました。

若みづや迷ふ色なき鷺《さぎ》の影　　千代

千代女は「迷ふ色なき」と表現し、美濃派の正風に何の変更も認めません、と回答したつもりでした。

この句の心意、この句の思想の分からぬ露川ではありません。露川は千代女が噂以上に鋭くて、しかも油断のできない女だと迷わずに思い直したのです。

うかつなことは出来ないぞ、と露川は注意しました。

白鷺は水中の魚を捕まえて生きています。立春の若水――水の話は先ほど露川と雪翁の間でやりとりがありました。白山の水のことです。金沢の白鷺は、少しも迷いませんよ。どなたがお出で下さっても、わたしたちは。あの白鷺の飛翔の姿をみてごらんなさいまし。「迷ふ色なき」の、美しい影は、千代女であったり、珈涼女であったり、また今初めて知った紫仙女であったのです。

「ふむ、思い知ったか」

と、いうような表情で、床の間を背後にした上座の雪翁が得意満面に映っていました。

「さすが千代さんだ。いい句じゃ。わしは感心しました。もう一度、吟じてたもれ」

千代女は恐縮しながら、読みあげました。

若みづや迷ふ色なき鷺の影

俳席に拍手がおこりました。露川も仕方なく、千代女の句に拍手を贈る羽目になってしまったのです。露川にとって皮肉な会になってしまいました。

立春の日の翌日、露川は金沢を朝立ちしました。

――金沢は駄目じゃ。

彼は越中へ向かうため倶利伽羅《くりから》峠を目指しました。まだ、雪の深い越中です。しかし、元気のよい露川ではありませんか。一派をつくるのには、やはり人一倍の苦労があったのです。名護屋の町にいたのでは、弟子は多くなりません。自分への共鳴者を増やす快感というものが、統率者にはあったのです。宗匠格には、一所安住が許されないのでした。

さて、紫仙女が松任に遊びに来るという。千代女と俳句の話をしたくて、三里の道も近く思って来るという。育児中の千代女も紫仙女に会いたい、会ってみたい。

同じ松任のすへ女とばかり会っていたのでは、刺激がありません。金沢の空気を持って紫仙女はやって来るに違いないからです。

松任へ着くや、紫仙女もまず彌市の顔を見て、驚いていました。

「まあ、千代さんそっくり」

紫仙女は、珈涼女やすへ女よりも才気がありました。千代女に劣らぬ力量を備えていました。二人の話は、時を忘れてはずみました。

「まだ赤ん坊の世話で大変ですねえ」

と、紫仙女が改まって言いました。

「坊やがおおきくなつたら、二人だけで小さな旅をしたいわね」

「そうよ。でも当分むりです」

と、千代女は残念そうに応えました。

気の早い紫仙女はこの時、松任の在の那留《なる》という所の行善寺へお参りしましょう、と提案していたのでした。この地方では那留参りと言っておりました。なんでも釈尊の母摩耶《まや》夫人の臨産の霊像がその寺には安置されているということでした。

二人は約束だけはしました。それが実現されるのは、六年後になっておりました。

六年後に那留参りが可能になったのは、それなりの重大な事件が、千代女を急襲したからでした。その事のあるやを予測し得ない千代女だったのに。ただ日々、可愛い彌市を中に、時に坊やをあやし、時に句境を話し合い、福増屋の家の中は、やっとほんとうの春が訪れてきたような明るさに包まれておりました。

紫仙女は、冬のこの別れを惜しみ惜しみ千代女の家を後にしました。

千代女は彌市を抱いて、通りへ出て紫仙女の後ろ姿が、宿場から見えなくなるまで見送っておりました。

見えなくなると急いで、家の中へ戻りました。

「いちべい、ちゃむいちゃむい」

と言いながら、彌市をあやすのでした。

3

露川の句集『北国曲』に、千代女の句も一句採用されている、と教えてくれたのは金沢の桃化《とうか》でした。白椎の『鵜坂集』にも二句掲載されているとも桃化は情報通のところをみせました。

桃化は浪化上人の息子で、越中井波の有名な瑞泉寺《ずいせんじ》のなんと十二世住職でした。桃化という雅号は、支考が考えた号です。別にも暁紅台とか杉谷斉、銀僊《ぎんせん》、馬見井、有明庵、五夭洞《ごようどう》、五桃庵、五子洞、五沢斉などと雅号の多い奇人変人でもありました。

桃化は支考と大変親しい間柄でした。けれども同時に名護屋のあの露川とも親しかったのです。格式の高い寺の僧籍俳人は、一党一派に組みしないところがあったのかも知れません。

とにかく金沢百万石の名門津田玄藩一万石の娘を自分の妻として迎ているほどの人物ですから、器量の大きい高僧であったのです。

桃化は俳諧ばかりでなく和歌を学びました。絵画も学びました。それぞれみな一応の域に達した腕を持っておりました。この桃化が千代女に、露川の『北国曲』のことを話したのです。露川が松任の千代女を訪ねた時に吟じた句を採っているということでした。

金沢の俳席で、きっぱりと尾張名護屋の俳風を拒絶した千代女だったのに、露川はそれでも、いい句は高く評価し、自分の編集した句集に採用するのでした。

「たった一句だというところが露川らしい面白い方」

と、千代女は笑いました。

「そうよ、そうよ」

と、桃化も笑いました。歯の欠けた桃化は童顔のように見えました。瑞泉寺は越中一格式の高い寺です。寺の格式というよりは桃化という学僧に惚れて、津田玄蕃は可愛い娘を嫁にやろうと考えたのです。

桃化は、千代女が四十三歳の年、五十一歳で亡くなりました。桃化との縁もあって遠く越中井波の瑞泉寺に、千代女は参詣するのは、もっと後のことです。

行秋や日はふところに有磯海　　　　桃化

この句が彼の辞世でした。

露川は桃化の夫人筋が一万石だということは知っておりました。露川自身は、ご三家尾張徳川家の藩士、渡辺家へ入籍。渡辺家は名護屋伝馬町問屋役で、しかも御目見帯刀御免。とは言っても家禄はたったの一五石三人扶持の上、不正発覚により、改易。それでも渡辺家へ入婿した露川の自尊心は意外に高い。この自尊心が露川をよくもまたわるくもしていたのでした。

支考の折角の紹介で芭蕉に会え、弟子になることが出来たことも忘れ、支考に戦いを構えることさえ辞さぬ偏屈な人物でありました。

元禄四年の冬、神無月は二十日、熱田の梅人亭に、芭蕉と一緒に支考と露川が泊まった時、発句は露川より吟じました。

奥庭もなくて冬木の桜かな　　露川
小春に首の動くみのむし　　翁

と、芭蕉がつけました。

この頃から弟子の荷兮《かけい》は、芭蕉の言動についていけませんでした。同調したのは越人《えつじん》でした。みな露川と同じ尾張名護屋の仲間でした。名護屋の有力な二人が芭蕉から離れたのは露川には願ってもない幸いなことでした。

露川は早速『流川集』を編集出版して、広く世に顕示したのです。露川は、この折りにあえて諸国の蕉門の俳人たちを並べ、元の身近な仲間であった名護屋の俳人たちを無視してしまいました。

本の序文は丈草《じょうそう》に依頼しました。丈草は蕉門の間に評判がよく、この評判の上に露川も乗ろうと考えていたのでした。

この余りにも見え透いた露川のやり方は、前々から友人だった荷兮、越人たちの反感を買うことになってしまいました。近くの名護屋では孤立無援な露川でも、諸国に対しては、尾張名古護屋の蕉門はこのおれ一人しかいないのだ、という宣言になりました。この効果はしばらくの間に限ってあったようでした。

ところが肝心の芭蕉との縁はたったの前後四年間でたち消えてしまいました。

露川は向こう見ずな闘争好きで、荷兮とも前に衝突しました。養子先が名家渡辺家でありながら、その当時は零落していたので、周囲の仲間が、露川に冷たく当たったことを根に持ったからでした。荷兮も荷兮、露川も露川だと、千代女は松任から眺めておりました。

しかし千代女はつぎのような露川の句は好きでした。

草刈の道々こぼす野菊かな　　露川

千代女は、露川にもいい視点があると感心しました。ついに露川に敗け、連歌に去ってしまった荷兮の句は、平凡でした。

秋の日やちらちら動く水の上　　荷兮

すへ女がまた福増屋へ遊びに来ていました。

「いよいよ千代さんも有名俳家になりました。嬉しゅうございます」

自分ごとのように、すへ女はにこにこしながら口を聞きました。

「一、二の本に出たところで、どうということもありませんよ」

と、千代女は軽く否定しました。

「そんなことはないと思います。有力な方が頼みもしないのに勝手に本に採るのですからおめでたいことですよ」

「まあ、すへさんは少し大げさです」

と、千代女はたしなめようとします。

「そんなことありません。桃化先生がわざわざ教えてくださったことでも分かるじゃあございませんか」

「桃化先生は、ご用の道すがらお寄りになったのです」

「そうからし。そのようにおっしゃるのが、桃化先生の風雅じゃございませんか」

「まあ、すへさんはどこまでも押してくるのですね」

「いいえ、ほんとうに千代さんの力が、やっと広く知られるようになったと思うのですの。嬉しいことですわ」

「ありがとうございます」

千代女は、結局すへ女の言葉に従うことにしました。

享保八年（一七二三）、加賀百万石の藩主六代前田吉徳公の帰国を領内では楽しみにしておりました。

秋にはお殿様をお迎え出来ると、ご城下は浮き足だっておりました。むろん、松任の町にもその雰囲気はありました。

千代女が腰かけて送り迎えしていた馬繋ぎ石には、彌市が腰かけるようになるのでした。時のたつのは早いものだと、千代女はつくづくと思うのでした。足もとのおぼつかない彌市が、石によじ登ろうとするのを見て、そう思ったのです。石は、彌市の占有物となってしまいました。

その年の秋、前田吉徳は帰国をとり止めてしまいました。父の綱紀を看病するというのが名目でした。看病とはしかし、吉徳の言い訳でもあったのです。参勤交替には、莫大な藩の支出があります。そのうえ、長い旅は藩主の体にこたえます。江戸の生活になれた者には、金沢の生活は少しも魅力のあるものではなかったのです。金沢とて藩主には田舎同然だったようです。

千代女は、急の帰国とり止めの報を知って落胆しました。幼い彌市に、百万石の力量のみに許される二千人の行列を見せたかったのです。二千人もの行列は、ほぼ三百藩の中では、ただ一つ加賀の殿様だけにしか出来ないそれはそれは豪華なものでした。

彌市の父盛七郎も、この行列の一人で江戸と金沢の間を、殿と共に歩いたのでした。行列を眺めて育った千代女が、行列の武士と結婚するとは夢にも思っていなかったことでした。

盛七郎の早逝で、福増屋へ戻った千代女は表具屋の出戻女にすぎません。子の彌市も武士にはなれません。盛七郎の跡継ぎは不可能になりました。しかし、六兵衛は福増屋の跡継ぎが出来たと心から喜んだものです。

馬繫ぎ石と遊んでいる彌市を眺めながら、二人は縁に腰かけておりました。

「支考先生もすっかりお元気がなくなったようですね。早晩廬元坊《ろげんぼう》先生の美濃派になりますね」

と、すへ女が話しかけてきました。

「そうらしいわね」

と千代女は淋しげに応えました。しかし、あれほど弟子にしてくれと願い出た千代女の師が、美濃派の頭領になるのです。淋しいことではない筈でした。その地位も生前中に彼が譲るということでしたから美徳というものです。

千代女は、その頃からまた伊勢の乙由《おつゆう》のことが気がかりになっていたのです。九歳の時、父が招いた涼菟《りょうと》とその弟子の乙由のことは覚えています。とくに乙由のことは、どうしてか涼菟よりもはっきり覚えていました。

乙由の話は松任まで届きました。師の涼菟と共に伊勢派の中心人物で、その実力も広く知られていたからです。とくに、乙由のことが話題になると、千代女はなぜか不思議に体が熱くなるように感じました。

千代女は、乙由のことについては決して自分から何事も話すようなことはしませんでした。どんなに心を許していたすへ女に対しても、もちろん話しません。心の奥底深くに、大切に仕舞うようにしていたのです。

乙由から千代女の許に手紙が届いたことなどは、誰も知りません。父にも黙っておりました。

乙由は、千代女に会いたいと申し出ていたのでした。千代女は、乙由が美濃派の真っ只中の松任に見えるのは、よくないと考え、こちらから推参しますと、返信を書きました。盧元坊の手前がありました。

千代女は、伊勢でお会いできる日を楽しみにしております、とはっきり書きました。

乙由の手紙には、暇があればいつも貴方様の作品を鑑賞しております、と真面目に書いてありました。

山吹や柳の水のよとむ頃　　　　千代

この句は文句の言いようもない立派な句だと感心しております。世に目ぼしい女性の俳人も全国に何人かおりますが、貴方様が見事に群を抜いております。

朝顔の花や木陰のおそろしき　　　　千代

この句は表現不足のところに風情があります。その味がなんとも言えません。やはり好きな句です。

木からもののこぼる〻音や秋の風　　千代

ますますいい句です。言葉を失って感想になりません。もう一句、あげましょう。

秋風や仕廻ふて萩に来ては居り　　千代

この句は感心しません。創りすぎているように思います。と、乙由はつけたしました。やはり一派の中心人物らしく、最後は、遠慮なく苦言を呈して締めて終わりました。

乙由は体調を崩し、静かに麦林舎で臥床《がしょう》しており、退屈まぎれに愚評を申し述べた、と手紙のあとの方に書いておきました。しかし、病んでみて、乙由は、九歳の少女が今や天下の女流の頂点に立ったその千代女になぜか再度会ってみたくなったのでした。

千代女と乙由との秘密のやりとりを知らぬすへ女は、「相河屋にもおはこびを」と言って、帰っていきました。

ゆく秋やひとり身をもむ松のこゑ　千代

秋風に松の梢《こずえ》がごうごうと吹き荒ぶ様子が千代女の心に重なりました。松の揺れ動くさまは、恰《あたか》も身もだえしている女のように映りました。これが千代女の心情なのです。千代女は、早く乙由に会いたいと、一句あげ、その思いをますます強くするのでした。

4

千代女は決断しました。

千代女は乙由に会うため伊勢に旅立ちました。一刻も早く、乙由に会いたくなったためです。

二十三歳の春になっていました。

乙由は当時地方で蕉翁の末弟とか義弟とかの噂のあった人で、一般には麦林舎と言っておりました。日常隠栖《いんせい》の心を大事にし、凡人と会うのをきらって、庵を麦畑の間に設け、静かに暮らしていくのを理想としておりました。

千代女の好きな句はいくらでもありました。少女時代から口ずさんでいた句がこれです。

閑古鳥我も淋しいか飛んで行く　　乙由

またつぎの句も知られておりました。

よき物を笑ひ出しけり山桜　　乙由

しかし最初の頃は、師の涼菟に近い句で、奇人らしき風雅さはありませんでした。

荒壁に蔦《つた》のはじめや飾縄　　乙由
駕舁《かごかき》の肩に覚えや衣がへ　　同
行く秋を道々こぼす紅葉かな　　同
鷹匠は鼻のかまれぬ寒さかな　　同
喰ふことも浜の真砂や冬籠　　同

麦林舎へ俳諧を学びたいといって訪ねてくる者も何人もありました。

「俳諧を学びたいのですが、ご覧のようになんの学問もない男ですが、なにかうまい方法でもあるでしょうか」

乙由は男に言いました。

「志の有無いかんです。強い信念こそが肝心です」

「では、発句はどのように吟ずればいいのでしょうか」

と、男は質問しました。

「目の前の様子をそのまま句にすればよいのです」

折しも冬は半ば。畑へ通う農夫の姿が目に入りました。農夫は寒そうに鍬をかついで早足に通り過ぎて行くのではありませんか。

乙由は早速、男の前で一句を吟じました。

百姓の鍬かたげ行くさむさかな　　乙由

男は感心して、さすが麦林舎乙由先生だと言って、麦林舎を逃げるように出て行きました。

ある時、こんなことがありました。支考と乙由が、句会を開催したのです。

伊勢派の頭領と美濃派の頭領のさや当てです。まさに真剣勝負です。

判者は、涼菟でした。

乙由は、俳席の人たちが理解できないような妙句を吟じました。

老僧の顔を仏師に見せて置く

この句が、高い点を取得してしまいました。何故か、人々は納得できませんでした。乙由は、釈教にさしさわりありや……と引っ込めてしまいました。

俳諧は正常に戻りました。そのうちに、今度はつぎの前句が出てきました。

拭うてとった板はかがみに

さっきから黙っていた支考は、声をあらげて言いました。

老僧の顔を仏師に見せて置く

支考は乙由の句が「すたり句」なんて評されるのは許せない。わしは、こうした妙句を愛するものだ。よいか……。

乙由が敗けたのか、支考が勝ったのか、俳席の者たちは化かされたような気分に襲われました。涼菟は、むろん俳席では支考が勝ち、俳句では乙由が勝ったものと判定したのでした。

こんなことから支考と乙由は共に組んで、支麦連合軍を組織し、低俗な俳風を流布せしめた、というのちのちの風評が立ちましたが、千代女にはなんの痛痒も感じないことでした。

千代女が伊勢を訪れたのは、ただ乙由に会いたいだけの一心のことで、他になんの目的もありません。支考のような旗頭なら、肩に自然に力が加わるのでしょうが、千代女は平気です。

支考、盧元坊、千代女という美濃風の系列の人間だ、と相手がとろうととるまいと、千代女は平気です。乙由が涼菟についでの伊勢風の実力者であってもなくてもいいのでした。

風評、それも陰の噂話として、芭蕉の弟らしいとの乙由。芭蕉の弟であってもなくてもいいのです。

少女時代に一度一回見たあの男であればそれでよかったのです。

しかし乙由は、千代女の成長に驚き、彼女の来訪を心から喜びました。彼女がいつも夢にまで描いていた憧れの乙由は、伊勢の料亭に千代女歓迎の俳席を設けました。千代女は、夢幻を見ているような嬉しさで感激一杯でした。

国の名のかさにかんばし花の雪　　乙由

加賀の国の特有のすげ笠は、みやびやかな女笠でお国名物だったのでした。千代女の姿は若い女性の魅力的な旅姿です。手甲をつけ、旅かっぱを細腰にきりっとつけたこの千代女の美しい姿は、美人画のように目にあざやかでありました。まさにはらはらと花の散りかかる絵のような目の前の千代女の風情を、最高に賛えた乙由の発句でした。

あの手紙の主が、今こうしてわたしを歌っているのだと思うと、千代女はなかなかつけ句が出来そうもありませんでした。乙由の弟子たちもいますので、つとめて冷静に、やっと句になったのでした。

とほき日影も水ぬるむころ　　千代

千代女はほんとうによい季節になりました。ありがたいことです。池や田圃の水もぬるんで、この旅にはなんの苦労もありませんでした。これも偏《ひとえ》に乙由様のお陰です。今は感謝の気持ちで一杯です。どうぞ、今後ともよろしく……と言外に千代女の気持ちは限りなく広がっておりました。

千代女が夢心地の空想を楽しんでいる間に、乙由の弟子蒼紫《そうし》が続けました。

鶯《うぐいす》に雀の朝寝おこされて　　蒼紫

一見なにげないような春の句と思いがちですが、千代女を鶯にたとえ、自分たちを怠け者の雀にたとえたのです。どうぞ俳諧のご指導よろしくお願い申し上げます、という歓迎の挨拶がこの蒼紫の句意なのです。

つくゑのちりをわらふ羽ばうき　　風二

朝寝の部屋にほこりがたまっているさまを、折角伊勢に来られた千代女に見られてしまい、恥ずかしいという不勉強の句意になっております。

この時から、千代女と乙由は特別に親しい間柄になっていきました。互に尊敬し合い、互に相手のことに気を配り、切磋琢磨の俳道を生きようとするのでした。

千代女二十三歳にして、初めて愛執のような感情に強く支配されるのでした。世の中に乙由が生きているということで、千代女は満足でした。

一派の領袖にふさわしい風格の乙由は、元来奇人でもありました。支考の驚くような妙句を作ったりもするのですが、女遊びが玉に瑕という評もまたありました。

門人がいくら諫めても、この病気は治りません。くどく諫めますと、おれは沙門ではないぞ、このように俳諧師だ。麦林舎にばかりいることは出来ない。新鮮なよい句を作るにはたまに遊里に通うことも当然必要なことだ、と言って諫言を聞こうとしませんでした。

しかし、千代女は男の乙由のそうした遊びをも理解してあげなければいけない、と心掛けておりました。立派ないい句を作るのに必要なら、それもいい、と許す気持ちで乙由を遠く松任から眺めておりました。

乙由の遊びは下品ではありませんでした。風流がありました。雅情を周囲に漂わせていました。

芝居小屋で知り合いの娼婦と隣り合わせになった時など、楽しく酒を酌みかわしながら芝居を観たものです。

つぎの日は、義理でまた同じ芝居小屋へ行くことになりました。すると昨日の女が、離れた桟敷にいるのではありませんか。乙由は早速彼女に餅菓子を届けさせました。その時の句が、なかなか面白いと俳諧の評判になりましたよ。乙由らしい実感に溢れている、というのが当時の世評でありました。

浮草や今日はあちらの岸に咲く　　乙由

浮草は、女だけのことではなく、ほんとうは自分自身でもあったのです。師の芭蕉より遊びの上手な乙由でした。誰からも思わず人なつかしさを覚えてしまう乙由の存在でありました。

5

千代女はすでに加賀の国の俳人――しかも女性の俳人として、とにかく他国で有名人になっておりました。ご城下に足をとどめる諸国の俳人たちは、三里を遠しとせず、必ず松任まで出向きました。千代女の句は知っていても、千代女を知らない人は、一度は会いたい、会ってみたい、という気持ちになるのでした。彼女の不思議な魅力でありました。こうして彼女への表敬訪問は次第に当然のようになっておりました。

彌市は六月入ると急に下痢に見舞われてしまいました。元気なやんちゃ坊主の彌市は、千代女の心のより所にもなっていました。その彌市が病気になったのです。

神仏に祈祷しました。あの薬この医者という具合にお願いしました。しかし、彌市の腹痛は悪くなるばかりでした。

六兵衛は、金沢のご城下まで薬を取りに通いました。てごも看病に明け暮れました。

千代女は、あの寺、この神社と近隣の知人、友人の助言を素直にうけて、お祈りに励みました。とくに観音菩薩さまは、自由自在に、世間の声や大衆の心の叫びや、人間の心持ちを観察されておられるので、わたしたち一人一人のたとえば身の悶え、心の悩みなどを救って下さるありがたい仏様だと聞いております。近くの聖興寺の観音様を拝みました。宗派をこえ「般若心経」を熱心に誦えました。

諸国から訪ねてくる旅の俳人たちとも一切会わず、彌市の看病に懸命でした。

彌市は七月に入り、なお衰弱を続け、夏を越すことも出来ず、六歳の少年としての短い一生をあっけなくも閉じてしまったのでした。

千代女は、茫然自失、あたかも幽霊のような身なりで家の中に閉じこもってしまうのでした。

葬式は近所の者たちが済ませてくれたのです。六兵衛とてごがしっかりしていましたから、千代女にはこのことがなによりだったわけです。

千代女は何をどうしてよいのか分からず、ぼんやりと仏壇の前に座って、一日、また一日と真白い世界のなかですごすようになっておりました。

六兵衛は元気でしたが、てごは四十九日が済むと、がっくりして寝込んでしまいました。そうなると不思議なもので、千代女がやっと元気を取り戻し、てごの面倒を見るようになったのです。てごも涼しくなると、床から起き出し他人の手を借りずに、身の回りの仕事が出来るようになりました。

乙由からも慰めの手紙がありました。千代女は、この手紙によって、大変元気つけられたように思いました。

――乙由先生にお会いしたい。

千代女の気持ちは乙由の許に走っておりました。

彌市の死に出会い、千代女はまず小さな旅に出たいと思いました。いつか金沢の紫仙女が誘ったことを思い出しました。

春、四月早速二人で近くの那留の行善寺へ行くことにしました。しばらくの間、句作をしなかった千代女でした。もう、西鶴の連吟の勢いと同じように、意欲は満々でした。

とにかくあの大阪の俳家は、一日のうち、夕陽傾かざるになんと千六百韻の独吟を見事にやってしまったのでした。ところが、三千風が西鶴の記録を破って、四千句の独吟に成功したのです。本覚寺での三千風に対し、西鶴は住吉神社で、今度はなんと二萬三千五百句の独吟をやってのけたのです。このことで、最早や、他の追随を許すことはなかったのです。西鶴の速吟、もしくは達吟はまさに非凡の伎倆《ぎりょう》でした。この意味では確実に天才だったのです。

千代女は、西鶴のこうした精神に近づいておりました。

千代女は、紫仙女と歌仙二巻と四季の発句を奉納することになったのです。

藻の花やぬれずにあそぶ鳥はなに　　千代

彌市を失った悲しみから、幽霊のような姿になった千代女は、見事に蘇生したのでした。

夫盛七郎に先き立たれ、今度は一人息子の彌市にさえ死なれた千代女だったのに、こうしたすがすがしい眺めを美しく描くことがようやくまた出来るようになったのです。

卯《う》の花は日を持ちながら曇りけり　　千代

空はどんよりと曇っておりながら、卯の花は、日の光を十分吸い込んでいるかのように、まるでそこに日がさしているような明るさです。微妙な季節の機微を表現しているように思える句ではありませんか。

千代女はすっかり元気になっていました。

千代女は、二人の「女性」の歌仙を仏前に捧げるところから、歌仙に『姫の式』と名づけました。

千代女は、歌仙に奉納の言葉を書き記しました。

「鐘の遠音もくもり行、卯月の空のおぼつかなさに、わか葉のめにしみじみしけるは、まことにいとなむ針仕事の心をもやすめ侍りね。おなじ流れに棹さす友とて、千代ぞ尋ねられける。何となき雲のはつねをもとめて、ほととぎすの雨吟とは物しけるほどに、那留の御寺の霊像には奉納し侍る」

松任の近在では、「那留参り」と言って、特に女人の信仰を集めておりました。

この時の句の中から、千代女の句を季節毎に三句挙げることにしました。

春

初華やまだ松竹は冬の声　千代

世の花をまるふつゝむや朧月　同

入相を空におさゆる桜かな　同

夏

花の香にうしろ見せてや衣かへ　同

ふらいでもぬれる名のある菖蒲哉　同

目にさはる鳥は消たり雲の嶺　同

秋

かたびらの襟には重し萩の音　千代

聞人の目の色くるふ鶉《うずら》かな　同

船からはむかしとむかふ月見哉　同

冬

木がらしや直におちつく水の月　同

花となり雫となるや今朝の雪　同

松風の抜けて行たるしぐれ哉　　同

千代女は彌市の霊の平安を祈りました。

歌仙の方は、金沢の紫仙女に発句を譲りました。彼女からの誘いは、六年前でした。それが今になったのです。彌市を失って、皮肉にも那留参りがこうして実現できたのです。

「紫仙さん、あなたから始めて」

紫仙女は遠慮しました。天下の千代女をさておき、発句を担当するなど、まことにおこがましいことです。

「きょうは、紫仙さんからですよ」

遠慮していた紫仙女も肚を決めました。

「お先に失礼します」

紫仙女は素直な女性でした。珈涼女は勝気な女性でした。しかし、紫仙女は苦労人らしく、ものごとに配慮のできる気前のよい女性でした。そんな人柄を千代女は愛していました。

心見の声ぬれすきなほとゝぎす　　紫仙

わか葉の雫宵のむらさめ　千代
つくばいの鉢に人波さゞれ来て　同
綾の下には何をめさるゝ　紫仙
高々と色よき鞠の夕月夜　同
薔の木槿《むくげ》の両隣から　千代
顔見せてはづすは若い渡り鳥　同
風はあれどもあぶな気のない　紫仙
船越のこゝろもかるふふねの脚　同
焼飯の腹の無常迅速　千代
暖簾のしき御簾屋の店かへに　同

味のある面白い連句が三十六続いております。面白くて、皮肉もありますが、はっ、とするような言葉にも遭遇します。

風刺がよく効果を出しております。ただそれだけではありません。千代女の心の奥の悲痛を克服した人生観が高くうたいあげてあるのでした。

焼飯の腹の無常迅速　　　千代

夫が去り、息子が去り、千代女の人生は言葉通り無常迅速そのものだったのであります。

6

蘆元坊が松任を訪問しました。

十四歳の千代女が、一晩中考え、やっと句作したのに先輩の句を盗んだように思われた問題の「ほととぎすほととぎすとて明けにけり」を提示して、門を許された時とは、逆になっていたのでした。

千代女は、二十五歳になっておりました。ひと昔前の少女は、今や俳諧の世界で押しも押されぬ有名な俳諧師になっていたのです。師に劣らぬ名声が津々浦々の田舎俳諧師の耳にも「千代女」と、届いていたほどなのです。

蘆元坊は、実質的の美濃派頭領の位置におさまりました。しかも千代女の師にあたります。その師が、美濃から加賀の松任を訪ねて来たのです。

千代女は精一杯の手厚い持て成しで師を迎えました。十年前は、福増屋の六兵衛などにも無縁の盧元坊でした。旅の貧しい俳人は、木賃宿に一泊の寝ぐらを求めていたのでした。

しかし、今度は違っていました。表具商の六兵衛も加わっての歓待です。以前に——正徳元年（一七一一）に、六兵衛は伊勢派の涼菟とその弟子の麦林舎乙由を招いたことがありました。その時以来の歓待になりました。

あの時、六兵衛が二人を歓待したのは、乙由を通し、芭蕉の人となりを知ろうとしたのです。持ち込まれた真筆や贋作の芭蕉の書画を装丁しているうちに、芭蕉という人物に興味や関心を抱き始めたからです。他界してしまった芭蕉に会うことはもう出来ません。それなら、せめて実弟の伊勢の麦林舎乙由に会って、芭蕉という人間の隠れた一端でも知っておきたいという初一念があっての招待でした。乙由が芭蕉の弟でないことを、その時六兵衛は初めて知りました。

老いた六兵衛は娘千代の師の盧元坊と話がはずみました。

「千代さんの俳諧の才能には、驚いておりますわ」

と、盧元坊が六兵衛にお世辞を述べていました。

「これは過分のご挨拶で、痛み入りますで、はあ、ごぜえます」

「いいえ、わしは、最初は並のただのもの好きな女子だとしか思っておりませんでした」

と、盧元坊は、正直に昔のことを思い浮かべながら言いました。

上前歯が一本欠けてない六兵衛が、笑いながら応えていました。嬉しいのでした。男の子のない六兵衛は、千代女を男のように教育したのですから。少女の頃から、あちらへ一年、こちらへ一年と躾の修業と基礎学問を修学させました。そして、その甲斐もあって、今の千代女がいるのだ、と密かに自負していたからです。それが、人の噂でなく、じかに師の盧元坊の口から、たとえお世辞にせよ、称讃されるのですから、親としては、これ以上の喜びはありません。

「先生のご指導の賜でごぜえますです、はあ」

てごも床から這い出て、六兵衛の横に座って、今日ばかりは病人とは思えない生き生きした表情を見せておりました。

「支考翁が千代さんは、女芭蕉だと評しております。そう言われますと、わしまで賛められたような気分になってしまいますわ」

と、盧元坊も旅の疲れと酒の勢いで、口も自然に軽くなって行くようすでした。

六兵衛は、芭蕉という言葉で、すぐさま乙由のことを思い出しました。この目の前の俳人は、乙由をどう評しているのか、知りたくなったのです。

六兵衛は、娘の千代女が少なからず乙由に思いを寄せていることを見抜いていたからです。いくら千代女が秘密にしていることでも、親の目を誤魔化すことは出来ないものです。

「露川先生とは仲がよいようではないと見うけていますが、伊勢の方々とはうまくいっているらしい世間評ですが、はあ、つまらないことをたずねますが、はい」

盧元坊は気をつかっている六兵衛には、遠慮無用とばかりに喋りました。

「露川はいけません。あの人は支考翁への恩義を忘れた人です。美濃派としては許せません。あの人は、俳諧から消えるべき人です。名護屋では、あの人は仲間をつぎつぎと名護屋の俳諧から追い出した人です。しかも三越までも侵略しようとした人ですから、支考翁が怒るのも当然ですわ、な。そこへいけば、伊勢派の人たちは、人間ができてますな。あの涼菟翁は、なかなかの人物です、な。わしは好きです。そして、あの麦林舎がまた、面白い風狂な方です。やはり故翁の地元一番弟子だけあって、ちょっと違いますよ。わたしらなんかには、真似できないお人ですわな。欲のない人です。だから、美濃も伊勢もウマが合って、友好的ですなあ。わしと涼菟さんが気が合うから、雰囲気はいいですな。それは千代さんが一番よく知っている筈ですなあ。千代さんは、麦林舎一門と歌仙を巻いたこともあるから、わしよりよく知っていると思うなあ、きっと……」

盧元坊は酒でいい気分らしい。六兵衛は、酔っても、酔ってはいられなかったのでした。

「やはり、生前の芭蕉翁から信頼されていたという乙由さんだけあって違いますか、そうでごぜえましょうねえ。なるほど、別格の方なんでごぜえますかねえ。はあ、そうでしょうとも、そうでしょうとも、よく分かりますだが、門外漢にも先生のおっしゃられることが、よく分かりますですわ」

勝手で聞いていた千代女は、盧元坊が乙由に触れたところだけは、忘れられないのです。乙由を認めている師の態度が嬉しくもまた有難たく心の奥底で感謝するのでした。

この旅で、盧元坊は千代女とその一家へのお礼の意味もこめて、一句を挙げております。

涼風のくばりや萩のていしゅぶり　　盧元坊

萩の花のようにたおやかな女主人の千代女から、快く吹く涼風のように、よく心配りのある接待をうけた松任の一夜は、じつに素晴らしいものでした。生涯忘れることはないでしょう……。この一句を残して松任を去りました。

千代女は、すへ女にも、また本吉の北潟屋の大睡にも、盧元坊を紹介しました。今まで厄介になった二人へのお礼は、師を紹介することでした。むろん相河屋の武右衛門もまた本吉の大睡も大喜びです。千代女はいいことをした、恩がえしが出来た、と思いました。

盧元坊も喜んで、熱心に俳句の話を述べて美濃派の蕉風としての長所や優れた点などを解き明かしました。

　盧元坊の師の支考は、芭蕉門下ではなんと言っても一番の論客でした。注目すべき点は、真実のみを述べるのではなく、そのためには表現上の技法、とりわけ写実の方法として、なんと「虚構」の要素をも加味してもよい、という新世界を彼が見出していたことです。つまりこのことから、俳句の「俗談平話を糾《ただ》す」方向を主張したのが支考だったのです。俳句大衆化と俳句表現の革命の門を開いたのは支考でした。

　しかし、これを模範としてただちに門下に提示することは困難な仕事でした。大衆が作る俳句の俗談平話は当然のことでした。しかし、これを糾すことなど、口で言うようにたやすく実現できるものではないのです。当の芭蕉でも大問題のことでした。

　高い俳句の芸術性を志向するのは最高の指導者たちでしたが、これを成功させた者はいないのです。こうした支考の思想はどだい無理だと判断した西鶴は、さっさと小説・戯曲の世界へ踏み込んでしまったのでした。

　支考は自分の思想に忠実になった時、つぎのような変質した自分の句になってしまったことを、なかなか自覚できませんでした。

歌書よりも軍書にかなし芳野山　　　支考

千代女が十四歳の時、享保元年（一七一六）に山口素堂は七十五歳で亡くなりました。この素堂も西鶴同様俳句の世界にたったひとつの名句を残して、学問や茶や漢詩の世界に入っていきました。

目には青葉山郭公《ほととぎす》はつ鰹　　　素堂

廬元坊は、支考がそうした新理論を展開しつつ、俳句をどこまでも愛し、旅を恐れず、雲水の狂僧となって行く老境の姿を美しいと眺め、同時にまた師への尊敬の念も深くなるのを自ら知っておりました。廬元坊の話は、つきることはありません。

大睡やすへ女や千代女たちは、支考を論ずる廬元坊の話に熱心に聴き入っておりました。

千代女は、乙由に会えるその日の近からんことをひたすら空想しておりました。

白菊はなんともなしにすぐりけり　　　千代

7

享保十二年（一七二七）、千代女は単身上洛しました。夫盛七郎と息子彌市の遺骨を、本山の本願寺に納めるための上京でした。

千代女は有名人として、名士として日夜毀誉褒貶《きよほうへん》の運命にさらされておりました。彼女は、やっとのことで「一人の女になる」ことに覚悟を決めました。そのためにも、人生に区切りをつけ、再出発する必要があったのです。

二人の分骨を本山に納めた上で、もっともっと自由に生きたいと思ったのです。そのための上洛は早い方がよい、と考えたのです。

松任を出る前から、道すがら宗派が違っても仏道は仏道、曹洞宗の本山の永平寺に立ち寄って行こうと計画しておりました。

俳句でも他派の乙由が大好きなように、他宗派であってもここの永平寺は加賀の続き、道元禅師の法風に接してみたい強い希望がありました。一日の只管打坐《しかんたざ》を賜って、上洛したいものだ、との思いは千代女に強くありました。

道元の教えを戴いて修業している僧が、千代女と本山で会うことになりました。

自己紹介をすると、僧は、この三界には心はただ一つしかありませんが、さて、その心を俳句として表現すれば、どのようになるのですか、と意地悪い質問をしてきました。

千代女は、山門をくぐる時から迷ってはならぬ、と自分に言いきかせてきました。いかなる僧の質問にも、はっきりと応えねばならぬ、と心に固く決めておりましたので、さほど驚きませんでした。

「三界唯一心を俳句にすれば、どうなりますか」

千代女は、間髪を置かずに応えました。

百なりやつるひと筋の心より　千代

千代女は、落ちついて吟じ、用意されていた短冊に書きました。自分ながら、よく出来た句だと思いました。千代女は、のちにこの句をまた書き、それには、自画像を描きました。大変気に入った一句です。

句の意味は、百もなる瓢箪も、実はたった一本の蔓になるのと同じように、人間のすべての言動もこの一つの心から出るものです、ということです。三界——欲界、色界、無色界を超越すれば、唯一心となるのです。むろん、そんなことは、なかなか困難なことなのです。悟りを開くことは、まだまだ若い千代女にはできません。煩悩は十分あります。あの麦林舎乙由への憧れも煩悩の一つでありました。ただ、千代女に誇れるものは、物欲がないことでした。

これは幕末の話ですが、水戸藩主は罰あたりにも廃仏毀釈をやりました。本当に許し難い罰当たりの話です。そこで、禅寺の僧が、藩主に堂々と抗議しました。

「殿は僅かに是三十五万石、われは是、即ち三界無庵の人なり」

この話は、面白い話です。三界無庵の人こそ、その実、いたるところに家を持つ、三界有庵の人ということを殿に教えたのです。「無一物中無尽蔵」ということです。この世界は、花もあれば、月もあります。

千代女は、こうした意味で、永平寺の高僧に即答したのでありました。

京都では、夢に見た乙由に示し合わせた通り再会できました。会う前に、千代女は、本願寺に二人の故人の分骨を奉納しました。永代供養のお願いも無事すませました。こうして千代女はやっと自由になったのです。

初めての上洛です。勝手の分からぬ京の町を乙由が親切に案内してくれました。

乙由は、清水寺の前の茶屋で休んだ時に、千代に慰めの言葉をかけました。

「ご難続きで千代さんも大変でしたなあ」

千代女は、嬉しさの余り返事に窮し、黙っておりました。

「葬式、看病、葬式、納骨と大変だったでしょう。やっと、すっかり済ませましたね。ご同情申し上げます」

千代女は、乙由に慰められ、涙がこぼれそうになりました。

「母親のつとめですから……」

「それはそうですが、親も子も若すぎる不幸に出会ってしまった……。まあ、このように千代さんが、元気になって旅が出来るまでになったのが、せめてもの慰めですわ、なあ」

「このように、京の都で日頃尊敬しております乙由先生にお会いできましたので、千代は元気を取り戻すことが出来ました。急に元気になったようです」

と、千代女は、心の内を正直に話しました。

「こうして二人だけで、ゆっくりくつろげるのは、旅先に限ります。伊勢では千代さんもゆっくりも出来ず申し訳ありませんでしたなあ。あの時は弟子たちが、大勢押しかけて来ましたから、俳諧の話も思うに任せず、別れてしまいましたなあ」

「あの時のご歓待は千代一生忘れません」

「いやいや、あれは千代さんのお父さんの六兵衛殿への返礼のつもりでのこと、気にお止め下さるな。

松任では師と共にご厄介になったではありませんか。あの時のこと、千代さん覚えておりますか、なあ……」

千代女はすかさず答えました。

「九歳の時のことですが、よく覚えております。涼菟先生のことははっきりと覚えておりませんが、乙由先生のことは、子供ながらも覚えております。どうしてでしょうか。あれ以来、なにかと先生のことが……。ずっとお慕い申し上げておりました。今頃はどこでどうなされているのでしょうか、などとよく空想していたものでございます……。お笑いにならないで下さい。少女時代のことですから……」

「それはまた光栄なことです。千代さんがその後、廬元坊さんに弟子入りしたという噂を聞きました時は、わしもちよっと落胆しましたな。でも地域が違うので、仕方ないとすぐ諦めましたが、ね」

「まあ、はずかしい……」

「廬元坊さんは幸福な人です、千代さんなんかを門弟に出来て……」

「ほんとうに、加賀は美濃派ですから、仕方なかったのでしょう。でも、わたしは、そんなことは知らなくて、あとになって知って驚きました。結果として自然だったのですけど」

「でも、あの『明けにけり』が、千代さんの俳諧への情熱として伝わってきますな。そこが凄いのですよ」

「まあ、あとで知った問題の……若気のいたりのことですのに」

「いや。その通り。でも千代さんの俳諧への情熱は少しも劣えていないので、今では美濃派の代表的な花形俳人です」

「わたし、九歳の時に父の前で先生に弟子にして貰っておけばよかったと思います」

過去を楽しむかのように千代女が言った。

「それはきっと師の手前、わたしも、はい、はい、とは言えなかったでしょうな」

「父も許さなかったでしょう。まだ、読み書きの勉強も始まっていない時でしたから。わたしは、十二歳の時からの勉強でした」

「思えばみな懐かしい昔の話ですなあ」

乙由は目を細めるようにして、西の空を見上げるのでした。茶屋は三年坂の上にあり、京の下町を眺め下ろす場所にありました。西から南の方へ、空は広がって見えます。

乙由は五十五歳になっていました。千代女は、二十六歳です。お互いに人生の裏や表も経験してきて、なんの不安も感じさせない重厚な存在感のようなものが二人の間に漂っていました。

二十六歳の千代女には乙由が若く見えました。乙由もまた千代女の魅力に惹かれていました。辛酸を嘗めた男と女の再会は、美しい眺めでありました。

清水寺をお参りしたあと二人は八坂神社の方へ道をとりました。

神社の下には、京の町が迫っておりました。遊妓《ゆうぎ》の住むはなやかな祇園の街並みは、目の前に展がっておりました。

乙由は、上洛の折にはこの街で遊んだことがありました。金もない貧乏俳人が無理して遊ぶところではなかったのに、風狂の乙由ならではの行動といえました。

千代女と手紙のやりとりをするようになって、乙由は色町から姿をすっかり消しました。

麦林舎の中で、静かに書を読むのを楽しみにしておりました。もう、ぼつぼつ息子の麦浪の活躍する時代になっていました。上洛前に、今度は京で加賀の千代さんに会う、と麦浪に言うと、息子は、それは結構ですね、と返答しました。

乙由は千代女と誰にはばかることなく京都で再会してから、ちょうど十年目に他界するのでしたが、この間、ずっと千代女のことだけは、忘れておりませんでした。

「乙由先生との記念に、八坂神社に一句奉納したいと存じますの」と、
と、千代女は恥ずかしそうに言いました。

「大変よい心がけです。が、神様に申し訳ないような気がします、な」

「それなら止めましょうか」

「いや、かまわん、かまわん」

と、乙由は否定しました。やはり、乙由がたまらなく好きに思えるのでした。

二人とも天下に名を轟かす大俳家でありながら、八坂神社の神殿の前では、結婚前の成年たちのようにむやみに若やいでおりました。

「では、ちょっと失礼します」

と、千代女は乙由に声をかけながら、一句を吟じ、参詣簿に記しました。

うち外を鳥の仕事や神の花　　千代

乙由は深く頷いておりました。句意がすぐ分かりました。鳥というのは自分のことですから。あの閑古鳥。あれもこれも仕事と思えばこれも仕事。旅です。今は神の前の二人。花のような至上の人生ですね、と。

「ふむ、ふむ」

乙由の顔を見て、千代女はほっと安心しました。

京へ出てきて、よかったと改めて思いました。納骨した本願寺のことなどすっかり忘れていました。永平寺で吟じたこの一句。千代女はすでに強くなっておりました。俳句の上でも、生活の上でも、千代女は別人のように強くなったのでした。

百なりやつるひと筋の心より　　千代

8

宋の汪信民《おうしんみん》は、なかなかのことを言っておりました。

春になって時候が暖かく和らいで来ると、花でさえも一段の好き色を地に敷き、鳥でさえも幾句の好き音をさえずって、何れも為すことがあるのではありませんか。しかし、君子たる者が、幸いこの世に生まれ出て、頭を並べて、温かに着、あくまで食ってばかりいるようではお話になりません。学を研ぎ、徳を修め、天晴れ、立派な議論をなし、大なる事業をなさねば士君子とは言えません。

なにもしないでただ生きているのなら、百年生きても、一日も生存したことのない人間とまったく同じことではないか。これなら、生甲斐のない人間としか言いようがありません、と。

これに応えたのが乙由の師の芭蕉でした。芭蕉は『笈《おい》の小文』の最初にまずつぎのように書いたのです。こんな立派な思想は、どこにも見当たりません。

「百骸九竅《ひゃくがいきゅうけう》の中に物有。かりに名付けて風羅坊《ふうらばう》といふ。誠にうすもの丶風に破れやすからん事をいふにやあらむ。かれ狂句を好むこと久し。終《つひ》に生涯のはかりごと丶なす。ある時は倦《うみ》で放擲《ほうてき》せん事をおもひ、ある時はす丶むで人にかたむ事をほこり、是非胸中にた丶かふて、是が為に身安からず。しばらく身を立てむ事をねがへども、これが為にさへられ、暫ク学で愚を暁《さとら》ン事をおもへども、是が為に破られ、つゐに無能無芸にして唯此《ただこの》一筋に繋がる。西行の和歌における、宗祇の連歌における、雪舟の絵における、利休が茶における、其《その》貫道する物は一《いち》なり。しかも風雅におけるもの、造化にしたがひて四時を友とす。見る処、花にあらずといふ事なし。おもふ処月にあらずといふ事なし。像《かたち》花にあらざる時は夷狄《いてき》にひとし。心花にあらざる時は鳥獣に類ス。夷狄を出、鳥獣を離れて、造化にしたがひ、造化にかへれとなり」

千代女はさすが芭蕉翁だと思いました。千代女は、知らず現代女芭蕉などと、称讃されていますが、本人は大変迷惑しておりました。とんでもないことです。乙由先生なみで、ちょうどよいのでした。

芭蕉の『笈の小文』の冒頭の文章を千代女は、自分に置きかえるようにして読みました。

わたしの体の中には、心があります。その心に名前をつけると風羅坊ということになります。身にまとった羅《うすもの》は、すぐ風に破れてしまいかねます。そのくせ、この風羅坊《ふうらぼう》は、狂句が大好きで、もうやり出して何年になるのか、久しいものでした。大好きのため、いつかこの狂句作りを生涯の仕事としてしまったのですから因果なものです。何度も辞めようかと思ったものです。何度、この狂句で相手に勝とうかとも思ったものでした。こんな闘争心を年中燃やしていては、身も心も、つまりは、わたし自身が破滅してしまいます。そこで、仏門に入って修業し、人生の悟りを開こうとしましたが、またもや失敗し、最初からの狂句に惹かれて、結局、無能な人間となってしまいました。ご存知、この風羅坊こそ、加賀の千代女にございます。

歩きながら千代女は言いました。

「芭蕉翁って、ほんとうに偉大な神様のようなお方ですのねえ……」

乙由は黙っていました。千代女も黙っていました。そのうちに、何か一言いうのだろうと、その一言を千代女は待っていました。

「ふむ、偉大ねえ、なるほど……」

千代女は突っ込んで言いました。

「あの、造化にしたがひ、造化にかへれ、という言葉、わたしの心にぐさっと突き刺さってきます。

この言葉を思い出すと、なぜか身震いしてしまいます」

乙由は無口になっていました。

「花鳥風月を支配する神様にすべてを託して生きることが一番よいのです、ということでしょう。三界唯一、心の問題となってきます」

千代女は、永平寺で禅僧とやりとりしたことを話しました。乙由は興味深そうに聞いておりました。その時の句を示すと、自分ごとのように喜びました。そして、驚いたのです。

「いや、もう、こうなったら芭蕉の句と同等ですな。少しも劣っていませんなあ。千代さんは、ほんとうに凄い才能ですなあ」

百なりやつるひと筋の心より　　千代

「いやいや、おそれ入りましたな。わしはもう、隠居しなければいけませんなあ。いよいよ千代さんの世界です。千代さんの前に千代さんがなく、千代さんの後に千代さんがない、という時代になったのだなあ」

と、乙由は感心していました。

京都の夏は暑い。

また、どこそこの茶店でひと休みしたい気分になっていました。

乙由が千代女を評したような言葉で、のちに良寛は、芭蕉を最高に賛めちぎっているのです。

「先生のご冗談はすぎますわ。それでなくても暑いのに、暑くてたまりません」

御所の辺りを歩いていました。御所内に茂る樹林の陰が道にのびて、ここだけは涼しく歩くにはもってこいの場所でした。

「やっと、涼しくなりました……」

「そうですねえ」

この時、乙由は、早くも一句あげていました。千代女の姿をここで一句あげなければ麦林舎乙由の名前がすたります。

八坂神社では、千代女が一句奉納しました。今度は、麦林舎乙由の番です。

乙由は、千代女との京の散歩に酔い痴れておりました。千代女の女らしい美しい姿を句にとどめておくには、どう表現したらよいのか苦しんでいたのでした。

御所の樹林の陰の涼を得て、乙由はやっと、さわやかに一句を挙げました。さすがに、伊勢派の頭領の貫禄がありました。

九重《ここのえ》をひとへで歩くさゆりかな　　乙由

乙由は、御所のある京の都を「九重」と表現しました。

今、京の都を百合の花のような美しい女性が、ひとえの着物を召して、都路を静かに歩いております、という句意の作品でした。

白百合のように涼しげな花にたとえられたのはいうまでもなく千代女です。千代女の夏姿は、こざっぱりとしていて、着物の色合いも趣味がよく、また櫛づかれた髪からは、香りのよい椿油の臭いが漂っておりました。

前田家の加賀でさえ当今は赤字財政のため紬《つむぎ》を着ることになっていましたが、京の都では何を着ても平気なのです。かりに上等の絹物を身につけても構わないのでした。

しかし、千代女は、なるべく質素な身なりをよしと普段から考えておりました。

肝心の江戸幕府は、加賀百万石から十五万両の借金をしました。前田候も、領内に節約を求め始めていたのです。参勤交替にとくに支出が多く留守家老職は年中苦労しておりました。

京都の旅は、そんなことも忘れさせるのでした。

乙由と二人で京都にいる――というそのことだけで千代女は満足でした。乙由もまた幸福感に包まれていました。だからあのような句が作られるのではありませんか。

九重をひとへで歩くさゆりかな　　乙由

ほんとうにすがすがしい美しい句です。千代女も、むろんすがすがしい美しい女性だったのです。乙由がその千代女を正直に吟詠したのです。二人は京の一夜を迎えました。

千代女は十六、七の娘のようになって、乙由の胸の中で身も心も燃えつきてしまえよ、ああ、ままよ、ままよと夢中で同衾《どうきん》の喜悦のうちにすごしたのは今更いうまでもないことでした。

二人の楽しいこの京都の出会いは、一瞬にして終わりました。千代女が急いで帰国しなければならなくなったからです。日程をきりあげ、千代女は乙由に途中まで送られて、加賀松任へ帰ったのです。これは神のいたずらというものでしょう。

六兵衛が危篤に陥った、という報が京へ届いたためのことでした。

乙由は彦根まで千代女を見送ってきました。彦根の井伊様の城下で、二人は別れたのです。乙由は伊勢へ。千代女は加賀へ。

上洛はあっという間の出来事でしたが二人にとっては永遠の愛の確証となりました。楽しかった旅は、淋しい思いで閉幕となりました。千代女は、ただひたすら先を急ぎました。

9

千代女は松任の町へ倒れ込むように入ったのでした。

懐かしいわが家の福増屋には、近所の人たちが大勢集まっていました。

千代女は、心から尊敬していた父六兵衛の死に水をとることができませんでした。すでに、一日前、六兵衛は息を引き取っていたのでした。

重なる不幸に千代女は、またまたがっくりとしてしまうのでした。しかし、この旅で人生観がなお強靭に鍛えられたのでした。もう前のように取り乱すようなことはしませんでした。てきぱきと采配を振るって、葬儀の準備、葬儀、埋骨とすすめました。近くの聖興寺が福増家の菩提寺でした。

彌市の墓標の横に、六兵衛の墓標が立ちました。母のてごは、床に伏して、起きあがろうとはしません。

てごが、床から出てくるようになったのは葬儀が済んで、半月ほど経ってからです。てごの方が先に逝くかに見えたのですが、てごは気性、気持ちだけで生きているように映りました。

夏も終わり、秋になっていました。

すへ女が千代女を慰めに訪れました。千代女はすへ女と顔を合わすのが、松任で一番の楽しみでした。千代女はてごの看病のため、しばらく家を留守にすることが出来ません。

千代女は、本を読んだり、地方から送り届けられる俳句の本などを読んで、再び静かな松任での生活に慣れていくのでした。

「京の旅はいかがでしたか」

と、すへ女が尋ねました。

千代女は、もう秘密にする話でもないと、乙由のことを話しました。

「夢のように楽しい京都の旅でした」

と、千代女はありのままに応えました。

「まあ、夢のようなんて……」

と、すへ女は羨ましそうに千代女の言葉を真似ていました。

「乙由先生にもお会い出来ました」

「まあ、それはなによりでした」

「乙由先生に、なにかと学ぶことがありましたよ」

「千代さんは、もうほんとうに名実共に日本一の俳人なのね」

と、乙由と肩を並べて句を作ったり、お茶を飲んだりできる千代女をすへ女は称えるのでした。

この間、すへ女も苦労してきました。義母が病気になり、現在は相河屋をすへ女がとりしきっているのですから大変です。

夫の久兵衛は、之甫《しほ》という号で、相変わらず俳句を愛しておりました。すへ女は日常これすけさんと呼んでいました。年のはなれていた妻のすへ女の方が、夫より一段と作品は上位にありました。之甫は、酒造業の責任者ですから、四六時中俳句ばかりに頭を突っ込んではいられないのです。すへ女の方は、千代女とのつき合いで自然俳諧に熱がはいりましたから無理もありません。

「親のありがたみが、よく分かります」

と、すへ女は養母の存在を今更のように話しました。千代女が、十三歳の時にきびしく躾けられたあの女性のことです。

「お上さんは立派な方でしたもの……」

と、千代女もすぎた昔をなつかしく想い出しながら和して言いました。

「母のようなあんなお上さんにあたしなれるかしら」

と、すへ女が自信なさそうに言います。

何人も使用人のいるすへ女の家では、お上さんがしっかりしていなければ、一家の統率がとれないのでした。

「すへさんなら出来ますよ」

と、千代女が説きました。確かにすへ女はしっかり者でした。久兵衛とよく協力し、相河屋が傾くようなことはまずない、と考えていたのでした。

父の武右衛門も床に伏し、世代の交替がここにも見られたのです。

「近頃は税もあがって大変です」

思わぬことをすへ女がぽつりと言いました。

「加賀百万石の台所も大変のようです」

と、すへ女がまたぽろりと呟きました。

「だって、幕府へ十五万両もお金を貸したという話ではなかったからし」

「あるお金を貸せるのじゃないので苦しいのよ、きっと。前田様もお断りできなくて、無理して金を集めて、幕府へ貸したの。だからその皺寄せが、特別なお取り立てで大変なんですの」

「あら、そうだったの。少しも知りませんでした。すへさんところは大変だったのですね」

「前田様の上納金は銀にして九千貫、二百駄分といいました」

二百頭の馬につけたご用金は、金沢の城下を秋は九月、十月の一と六のつく日に限って、一回十九駄ずつに分けられて京へのぼりました。京都から大阪へ金は送り届けられるのです。この行列は、参勤交代とはまた違って、北国街道の警護はものものしい空気に包まれておりました。

美濃派の支考もついに亡くなり、淋しい享保十七年（一七三二）でした。けれども、乙由からの手紙で千代女は元気をとり戻していました。

思えば、千代女がこれほどまでに有名になれたのは、師支考のお陰でありました。支考は、千代女の句を高く評価し、諸国に広めたのです。

支考の「千代様へ」の手紙にも、千代女の称讃が書き述べられておりました。

「遠きところわざ〳〵との消息、あさからずよろこび入存候。やくそくの一おり。発句はよそよりとや、げにもをとこめきしか、わき殊の外宜候。をくら堤の句は人にも聞およびてなされ候や、外山あきし野の雨のけしきも、只見るやうにおもしろく候。其外もしほらしく附号は是にてよく候。かならずや人になをして御もらひあるまじく候。とゝのはぬ所あるを、をなごの本情とほめ申事にて候、発句の事も藤の花すぐれて面白く候」

支考は、ことこまかく賛めております。師匠として肝心なことは忘れておりません。つまり、支考以外の他人には、句の添作を求めてはいけないねと婉曲に書いております。

また、多少不十分な表現の句にしても、またそこが女性らしくて味わいがあるなどと、なかなか配慮のある手紙です。

支考は乙由と仲よく俳席を持ったことがありました。世間では、美濃派と伊勢派が合体したかと、支麦《しばく》派の誕生だと面白がったことは前にも書いた通りです。

支考は、蕉門に入る前の一時期、天和、貞享の頃、伊勢に住んだことがありました。そこで、涼菟と仲よくなり、親炙《しんしゃ》の度を増していったのでした。むろん、乙由とも交流がありました。支考の美濃派は、伊勢派の中から派生したようなところがあったのでした。

涼菟は支考よりも六歳年上でした。しかし、芭蕉の弟子になるのは、支考のほうが先でしたから、自然涼菟は年上でありながらも、支考を兄事する態度をとりました。支考は支考で、年長者に対する礼儀を忘れず、涼菟の才能を認め、少なからず尊敬しておりました。

支麦連合の結成か、という噂が俳諧の世界を走り回ったのは不思議なことではありませんでした。

支考は、「附句」はおれの方がうまいが、「発句」は涼菟にはかなわない、と話していました。

支考の死は美濃派の廬元坊たちばかりでなく、乙由たち伊勢派においても悲しいことだったのです。

千代女の好きな支考の句は数えきれぬほど多くありましたが、なんと言ってもつぎの句などは、支考の最高傑作ではないかと常日頃考えているのでした。

今一俵炭を買うか春の雪　　　　支考

日、一日毎に春は近づいておりました。もう寒波は襲って来ないだろう。だから、炭をもう買うこともなかろう、と考えていた矢先き、季節はずれの遅い雪に見舞われてしまったのです。おかしくも面白い句境です。

——いやいや、春はまだ名のみか……。

やっぱり、もう一俵炭を買っておいた方が無難なようだ、安心だ、という支考の日常生活のようすが、作品となって結晶しているのです。

誰にも分かる平明な表現でありながら、生活——季節の変わり目の機微を十分に内包しているのが支考の句だったのです。

涼しさや縁より足をぶらさげる　　　　支考

当時の人たちはみな、この句意のようなことは体験しておりました。なんだ、こんなことまでが句になるのか、と大衆は支考の句を真似て作り始めたのです。

享保が元文の世となっておりました。

千代女は、早くまた乙由に会いたくなりました。支考も亡くなり、美濃派は盧元坊の天下になっていました。

千代女には、もう美濃派とか伊勢派とかいう、派閥の意識はまったくありませんでした。蕉門であれは、どの派であってもよかったのです。名護屋の也有のように、孤立した世界の中にいてもよいのでした。

ただ、乙由へのこの気持ちが、どうすれば乙由に通じ、もっともっとはげしくお互いに交流できるか、そのことばかりを考えておりました。

京都で会うのではなくてもよいのです。今はもう乙由が松任へ千代女を訪ねてもよいし、千代女が伊勢へ乙由を訪ねて行ってもよいのです。

千代女は、再び単身伊勢参りの名目で、乙由を訪ねたい、と考え始めていました。

乙由も、是か非でも、「お伊勢参り」の節お立ち寄り下さい、と千代女に書いて誘っておりました。

享保が終わっても、まだ、千代女は伊勢の旅に出ていないのでした。

支考の没後、ただちに旅立とうとしたのは嘘ではなかったのです。しかし、あれからもう六、七年も経っていたのです。

すへ女とも、これと言った名句を作るのではなく、享保十六年（一七三一）の早春に母親のてごを看取ってからは、ぼんやりとうち過ごしてしまったようです。

小僧の表具見習職が、六兵衛のあとをやっておりましたが、まだ半人足の腕では商買にもなっておりません。千代女は、ゆくゆくはこの小僧を養子として迎えるつもりでおりました。小僧に父の六兵衛の名を与えたのは、ずっとあとのことでした。なお、養子が俳諧にも首を突っ込むようになったので、義母の千代女は、養子六兵衛に白烏《しらう》の号を与えました。また、その六兵衛に嫁としてなおを迎えたのは、延享元年（一七四四）、千代女四十二歳の時でありました。

千代女は、小僧と二人だけの生活になっていましたが、少ない収入のなかで、今度は三人が貧しさに耐えておりました。そんなときは、相河屋のすへ女が気を配って、なにかと面倒をみていたのです。

小僧にも仕事を持ってくる顧客がたまにありました。父六兵衛の七光りだったのです。親は有り難いものです。

千代女は、小僧にも六兵衛と襲名を許し、すでに五年も前の元文三年（一七三九）の秋には、伊勢への旅に出ようと早やばやと計画しておりました。

留守は、養子の六兵衛夫妻に任すことにしたのです。こうしてやっとまた、自由の気分になりました。

千代女が旅支度をしているさなか、どういう天のいたずらか、なんと麦林舎乙由が、突然亡くなった、というのではありませんか。

——乙由先生が死んだ！

千代女は、女弟子として、いや乙由を愛してきた女として、誰にも遠慮することなく、周囲のこと一切を無視して、心の底から号泣しました。

千代女は、芭蕉の句を借用しました。芭蕉は、三十六歳の若さで死んだ見知らぬ一笑のために腹の底からしぼり出すように一句を一笑の墓前に捧げました。

塚もうごけわが泣くこゑは秋の風

千代女が、今、愛する乙由のために「塚もうごけわが泣くこゑは秋の風」と、秋の風に乗って、この千代女の悲しみが伝わって行けとばかりに、希うばかりに泣きに泣き明かしました。

でも、考えてみれば千代女も、女芭蕉と世間から高く高く評価をうけている俳人です。その俳人が、いくら名句とは言え、他人の句で、自分の気持ちを代弁しては恥となります。

千代女は、やはり俳人、現在の日本を代表する俳家として、自作を高く掲げ、乙由を哀悼しなければならぬ、と高鳴る胸を抑えて、一句を挙げることにしたのでした。

落鮎《おちあゆ》や日に日に水のおそろしき　　千代

鮎は卵からかえると海に向かって川を一斉にくだります。そして大きくなると忘れずに生まれた川の上流を目指して帰ってくるのです。産卵のための鮎の旅なのです。

この上流を目指す鮎は、必死です。目的の所で、鮎は産卵し、勤めを果たし終わると水の流れるままにその流れに身を任せ、下流へ下流へと行くあてもなく死の放浪をしていくのです。この任務を果たして、死に場所を求めて放浪する鮎を、あえて、落鮎と呼称するのです。

今までは、美しい色の落葉を流していた川の水も、今度という今度は、死に狂う鮎や、悶え狂う鮎やそれらの死体を流しているのではありませんか。川底へ目をやるのもおそろしい光景が展開されているのです。すさまじい鮎の死のさまにも、日の光は遠慮なく射し込んでいます。

昨日より、今日の方が鮎の地獄図は凄い。でも、これも造化にしたがったままの姿。人間もまた造化にしたがうのです。

乙由先生の逝去もまた造化にしたがった姿。造化にしたがって造化に帰っていった乙由でした。おそろしいのは、乙由先生ではなく、三十六歳、まだ女盛りを生きて恥じないこの自分自身だったのです。乙由先生は、六十五歳を最期に千代女から別れてしまったのです。

落鮎や日に日に水のおそろしき

世人はこの千代女の句を、千代女一代の名吟、と賛め称えておりますや否や……。

10

夫に死なれた時も、息子に死なれた時もまだ気が張っていた千代女でした。しかし、乙由の死を知った千代女は、もう体からすべての生気を失ったように元気を亡くしてしまいました。

すへ女が遊びに来て、それなりに気を使い、千代女を元気づけようとするのでした。けれども千代女には少しも以前のような元気は戻らず、養子の六兵衛までが心配になり、すへ女の顔が福増屋から遠のくと、こちらからこっそり相河屋まで、ひとっ走りするような具合でした。

驚いたすへ女が急いで福増屋へ現れても、はりのある声は聴かれません。

四十歳前なのに、若々しさが千代女にはありません。乙由に恋をしていた時代には、体にも声にも艶がありました。それが、俳句の艶にも反映していたのです。ところが、今の千代女には、そうした人を惹きつけるような不思議な力はないのでした。

「乙由先生の墓参りの旅にでも出たらどうでしょう」

と、誘い水を仕掛けるのです。

「乙由先生の……」

「そうです」

と、すへ女は強い言葉で明言しました。

「でも、先生のお墓は、わたしの心の中にありますもの」

「でも、伊勢に行けば、きっと千代さんも元気をとり戻すと思います」

「元気ねえ……」

と、千代女の声は弱くて小さい。「百なりやつるひと筋の心より」と吟じた永平寺での悟りに近い元気さはどこへ消えてしまったのでしょうか。

二十五歳の時、盧元坊が松任の千代女の家を訪ねた。その折、千代女は吟じました。

昼顔の行儀に夜は痩にけり　　千代

千代女は、昼顔のように痩せて見る陰もないようでした。食欲が細く、もともと百合のようにすらっとしていた千代女でしたから、無理もありません。

「わたしがお伴します」

と、すへ女は助け船を出す。

「伊勢に先生はいませんから……」

すへ女は二の句が継げずにいました。

「先生はわたしの心の中にいます」

と、千代女は、淋しげに言ってから微笑するのでした。

「そうでしょう。だったら千代さん、もっとお元気にならないと困りますよ」と、すへ女はたたみかけます。

この頃です。久し振りに千代女は金沢の珈涼女に手紙を書きました。すへ女と話し、珈涼女に手紙を書き、紫仙女の声を聞きたいなどと、日々を暮らす日常が続くのでした。

誰の目にも乙由の死から逃避したい、忘れたい、嘘であってほしいと希う千代女の哀れな姿であったと思われます。

珈涼女への千代女の手紙を書き送った頃には、やっと彼女は立ち直っていました。

「思しめしよせられ御細々との御消息被下有がたく拝しまゐらせ候、秋もひやゝかに成り候ても御きげんさまの御事御かもじさま御痛みもだん〳〵御よろしき御方にをはしまし候よし、さて〳〵御めで度ぞんじあげたく、その後またまたちとなりとも御見舞申上候てもかろき風邪いたし候へば咳ことのほかい出、難儀いたし心の外な御無沙汰に過しまゐらせ候、ちよと六兵衛伺ひあかり申候、さ候へば小松名月いまだ手紙もつかわし不申候、心あしく候へば何とやらいたし句を送り申候、あなた様名月御出来とぞんじまゐらせ候、明日もつかわし度ぞんじまゐらせ候、いかが思召され候や、御句あまた御まかせ被下、どれ〳〵も面白く承り候中にも、夜寒、百日紅、すぐれ候やうに承りまゐらせ候、御風流やさしく存じまゐらせ候。尼の句かきつけ御目にかけまゐらせ候、御聞下され重ねて御評賜りたく念じあげまゐらせ候。かしこ」

文中では「ちよ」と書き、また「尼」と書く千代女でした。もう、乙由以外の男性には心の迷いは生涯ないものと思え、と千代女は自分に言い聞かせていたのです。

珈涼女への見舞いもついつい風邪を引いてしまい、とその理由を面々と、言い訳のように書いています。

千代女はまだ小松での句会のための句を送っていない、と大変気にかけております。名月の句集に、天下の千代女の句がなければ、句集も恰好がつかなくなります。すぐ明日にでも送る、という。珈涼女が前に千代女の許に寄せた句はみな面白い、風流がありますと感想を述べていました。

最後に、千代女本人の句の批評をお願いしている姿は、友人の手前、大変好ましい姿勢ではありませんか。

千代女と珈涼女との友情は、今もずっと続いていたことが分かるのでした。

前田宗辰《むねたつ》は、延享二年（一七四五）に第七代の藩主にありました。その年、五十一歳で、桃化はあっけなく死んだのです。折角藩主になった前田候も、翌年に失脚し、第八代藩主は前田重熙《しげひろ》候となりました。

そして、その翌年は、寛延元年（一七四八）になるのです。

千代女は、珈涼女たち仲間と鶴来金剣神社に奉額し、ご領内の平安とみなみなの健康を祈念いたしました。あっという間に、千代女は四十六歳になっていました。中一年おいて、希因《きいん》が五十一歳の若さで死にました。千代女は、四十八歳です。他人ごとではない年齢にさしかかっているのか、と千代女は密かに自分自身の年齢の重さを噛みしめるようになつていました。あの乙由の六十五歳がいかに理不尽な死かと考えていたことが、夢のようです。乙由の六十五歳は立派な人生でした。

一笑の三十六歳より、希因の五十一歳より、乙由の六十五歳の方がずっと素晴らしい生き方に映ってくるのです。

希因はご城下金沢の森下町に住んでいました。すへ女の相河屋と同じように酒造業です。立派な店を構えていたのです。代々、主人は綿屋彦右衛門と呼ばれていました。酒造業の前は、綿屋を経営し、のちに転業したのでした。

希因は、まず地元の先輩北枝に師事しました。それから美濃派の支考に師事しました。そして最後が伊勢派の乙由を師とした俳人でした。

希因は住居を百鶴園と洒落て命名していました。むろん百万石の兼六園とはいかないので、ただただ風流として面白がっていただけのことです。雅号もたくさんありましたが、気に入っていたのは暮柳舎というのです。師の乙由が麦畑の中に住み自らを麦林舎と呼んでいたのにヒントを得たものです。

希因には、優れた高桑闌更《たかくわらんこう》という実力のある弟子がありました。芭蕉から直接教えをうけた弟子たちが世を去ったあとは、この闌更の存在が大きくなっていくのです。闌更の他に、乙由の息子の麦浪《ばくろう》とか青羅《せいら》、二柳《にりゅう》などの錚々たる連中が、この希因の門から輩出しているのです。『北しぐれ』は生前中、自分の手で公刊するつもりでしたが果さず、弟子がこれを発行しました。希因の句には、なかなかよい句がありました。千代女が高く評価しているのはつぎの一句です。

名月や風さえ見えて花すゝき　　希因

最後には同門となった少しばかり先輩格の希因の死は、千代女を少なからず驚かせたのです。

盗人の後で棒ふる柳かな　　希因
こち向けと蔓を動かす瓢《ふくべ》かな　　同
桐の実のふかれ〳〵て初時雨　　同

千代女は希因の逝去を知って、改めてありし日の乙由の姿を追っていたのでした。

閑古鳥我も淋しか飛んで行く　　　　　乙由

蝶は夢の名残わけ入花野かな　　　　　千代

——乙由先生待って！

千代女は、師の句に自分の句を並べて、麦林舎乙由を思い浮かべていたのです。

この時のことです。千代女は剃髪し、現世にありながら、乙由と共に生きたいと密やかに決心したのでした。

このことは六兵衛やなおに相談することではありません。ましてや、近くのすへ女にお喋りすることでもありません。

千代女は、聖興寺住職の柳松院師を導師として、思い切って剃髪したのです。俳諧の署名も千代女から素園にしようと決めました。

正式にはこの時から千代尼《ちよに》と呼称すべきかも知れませんが、やはり……。

すでに京にも江戸にも千代女の名声は高くありましたが、まだ句集は一冊もありませんでした。むろん出版のすすめはありましたが謙遜し、固辞しこのありがたい話にのりませんでした。しかし高い世の評価は今の時代を代表する女流文学者に間違いないということでありました。

当時の藤松因《とうしょういん》の評価のみならず園女選『菊の塵』跋で武陽山人とあえて洒落た山口素堂もまた「名高き八千代」の名で若い千代女を同じように、高い評価を与えています。のちの昭和の研究者も平安時代は紫式部、清少納言、小野小町、和泉式部、ついで鎌倉、室町、ここはとんで、江戸時代は加賀の千代女と大書しております。明治になると樋口一葉、与謝野晶子だというのです。研究者はあえて「女流の文学者中、俳人として傑出せるは、文学史上唯わが加賀の千代女あるのみだ」と強調しております。

俳聖の呼称も芭蕉に加え、宜《むべ》なるかなとまことに異論のないところです。

第三部　もらひ水

——朝鮮通信使への21句と『老足の拾ひわらじ』

1

「芭蕉翁のように、わたしも旅をしたいと思います」

と、千代女は養子の六兵衛にさりげなく語りかけました。六兵衛は、仕事の手を休め、千代女の顔を見てから言いました。

「どちらへ」

と、千代女の心を伺うように尋ねました。

「やはり旅の理想は祖翁の歩いた奥の細道が一番でしょう。遠くて道中のもっとも困難な旅です。でも旅は修業ですから」

六兵衛は、驚きました。女の足、女の旅で奥の細道はまず無理の話です。その無理の話を、千代女がたんたんと語るので、びっくりしたのでした。

しかし、千代女は芭蕉の旅心を表現した文章を思い出していたのでした。

「そゞろ神の物につきて心をくるはせ、道祖神のまねきにあひて取もの手につかず、もゝ引の破をつゞり笠の緒付かへて、三里に灸すうるより、松嶋の月先心にかゝりて、住る方は人に譲り……」

田一枚植えて立去る柳かな　　　　　芭蕉

――ああ、いい旅ですね……。

「ほんとうに出掛けるのですか」

千代女は応えに窮してしまいました。

「今、急に、という訳ではないけど、実現したい気持ちで一杯ですよ」

「一人なら心配です」

と、六兵衛の妻なおも口添えします。

「わたしは先師乙由と常に一緒ですから」

と、千代女は、はっきりと言いました。

「そうです。そのことは分かっておりますが、見た目には一人旅ですもの……」

「かかさんも五十路ですから、旅先きで何時どんなことがおこらないとも限りません。もう少し、様子をみてからにして下さいよ」

六兵衛もなおも、千代女の一人旅には反対しました。

卯の花をかざしに関の晴着かな　　　曽良

――やはり一人旅は無理？

祖翁さえ、男の二人旅でした。女の一人旅などは、尼僧姿でも物騒な世の中です。懐中の金子《きんす》があればあったで心配。なければなお心配。尼僧姿だからといって、安全ではありません。世の悪党たちにとっては、風流などは無縁の代物。それは今も昔も同じことです。日光の東照宮の参詣、白河の小関の見物まではよいにしても、それから先きの磐城《いわき》、陸前、陸中への奥の細道は、容易なことではない、というのが常識でしたから。

「せめてすへさんと一緒の旅なら……」

と、なおは心配そうに提言しました。千代女はその配慮が無性に嬉しくなりました。

「こんなに心配してくれるなんて、ありがたい」

と、素直に千代女は六兵衛となおにお礼を述べました。

「よく考えてみましょう」

六兵衛に相談することではない、と最初は考えていた筈なのに、いざ話してみると意外な方向に旅の話が曲ってしまいました。

この時は「奥の細道」の旅は思いとどまりました。やはり一人では無理だったかも知れません。千代女は、聖興寺で、乙由の供養を催したり、自らも読経の練習もして、素園尼《そえんに》らしい生活を身につけておりました。

宝暦十年（一七六〇）、近くなら一人旅もよかろうと、今度こそ千代女一人で家を出ました。

越中の国は井波《いなみ》の瑞泉寺《ずいせんじ》参詣の旅です。もともと越中は二代前田利長が、高岡に城を築き、ここを根拠として、加賀他百二十万石を支配しておりましたが、利長死後一藩一国一城という幕府の命に従い、三代利常が金沢に根拠地を据えたのでした。

利長が越中に力を注いだことは、川河の整備とか架橋工事とか瑞竜寺《ずいりゅうじ》建立等からもよく分かりました。

越中井波の桃化の生まれた瑞泉寺は明徳元年（一三九〇）、本願寺五世綽如《しゃくにょ》が創建したものです。勝興寺とともに越中本願寺教団の中心となった、一向一揆を指導した歴史のあったお寺でした。

倶利伽羅《くりから》峠を越えるのも初めての千代女です。上洛した頃の若さ、そしてその先に乙由が待っている――という一人旅とは比べものになりません。

「わたしは乙由と常に一緒です」

と、なおにきっぱり言ってはみたものの、実際は千代女一人でしかありません。小矢部《おやべ》に出て、それから福野です。その向こうに井波の門前町があるのです。

瑞泉寺の規模の大きいのには驚きました。京の本願寺の巨大さは、聞いておりましたから、さほどにも感じませんでしたが、山の町の井波のお寺がこんなにも大きく、また荘厳だとは夢にも思っておりませんでした。

本堂の前で合掌した時、千代女はなんとも言えない快感を体験しました。千代女は、乙由に見守られている、と信じておりました。報恩感謝の思いで、瑞泉寺の塔頭《たっちゅう》に何日も厄介になりながら、千代女は親鸞上人の五百遠忌の供養に精を出しました。先代の寺の主人桃化の知人でなお今を時めく名の高い女俳人千代女は、寺から特別の配慮を頂戴することになってしまいました。

千代女は、親鸞の考えが好きでした。

親鸞の考えを述べた『歎異抄』という本の根底には、「僧にあらず俗にあらず」という思想がまぎれもなく流れております。今の千代女は、まさに僧でもなければ俗でもないところで生きております。

その千代女は、父六兵衛や母てご――いや夫盛七郎、息子彌市の供養らしい供養を済ませておりませんでした。むろん、念仏はしてきたのですが、それ以上のことはしておりません。それでも、親鸞は、そうした千代女の気持ちを軽くしてくれるのです。心配しないでもいい、と許してくれるのです。

「親鸞は父母の供養のためとて、一辺にても念仏まふしたることいまださふらはず。そのゆへは、一切の有情はみなもて世々生々の父母兄弟なり。いづれもく〱この順次生に仏になりてたすけさふらふべきなり。わがちからにてはげむ善にてもさふらはゞこそ、念仏を廻向《えこう》して父母をもたすけさふらはめ。たゞ自力をすてゝ、いそぎさとりをひらきなば、六道四生のあひだいづれの業苦にしづめりとも、神通方便をもてまづ有縁を度すべきなりと云々」

「たゞ自力をすてゝ、いそぎさとりをひらきなば」が問題だったのです。親鸞は強い人でした。手のつけようもない愚禿の人だったから妻帯したのではありません。多分、僧にあらず俗にあらずとして生きた愚禿だったがために、誰も公然と妻帯していなかった宗教界へおどり出た革命の僧となったのです。

千代女は、そんな親鸞上人に親しさを感じない訳にはいきませんでした。

自力を捨てることは出来ますが、悟りを開くことは困難です。ところが浄土にいたって、来世において悟りを開くのが宗旨ですから、なにも急ぐことはなかったのでした。

井波御坊の親鸞聖人の五百遠忌の旅で、千代女は再び、元気を取り戻しました。

千代女が井波参りをしたことは、すぐに珈涼女に知られました。

「京都本願寺詣は、わたくしもご一緒にぜひお願いします」

と、早くも金沢からの連絡がありました。近くのすへ女も同道したいむきです。しかし、相河屋のすへ女には外出は無理のようでした。

「瑞泉寺は素晴らしいお寺でした」

と、千代女が説明しました。

「井波って遠くなんでしょう」

と、すへ女が質問しました。

「そんなに遠くはありません。早発ちすれば夕方には着くでしょう。途中、一泊すればぜいたくな旅になります」

すへ女は、紫仙女と千代女が歌仙を巻きそれを奉納した那留のお寺のことを想像しながら、まだ知らない瑞泉寺を思っていたのです。

「加賀にはあれだけのお寺はありません。越前の永平寺のような大きさです」

「まあ、そんなに……」

「越中も京もすへさんには無理でしたら、越前の吉崎御坊へご一緒しましょうか。そこなら、すへさんも許されると思います」

千代女は、家の中に束縛されているすへ女を誘い出そうとしたのです。

「吉崎御坊なら、お伴できます」

急にすへ女はにこにこ顔になりました。

吉崎御坊は越前金津にある真宗の有名な寺です。文明三年（一四七一）、この国の守護朝倉氏の支持を得て、蓮如が建立した寺のことを吉崎御坊と言うのです。蓮如はこの寺で布教活動を展開しました。

宝暦九年（一七五九）にはご城下が大火に見舞われました。泉野寺町の寺院から出火した火は、折からの強風に煽られて、たちまち城内の殿閣や城下の家屋敷をなめつくしました。その数一万五百八軒。天下に誇る金沢の町は見る影もありません。このために、翌年の十代前田重教《しげみち》候による参勤交替は、用捨となったのでした。

この用捨となった宝暦十年から二年後、千代女はすへ女を伴い吉崎御坊へ参詣することにしました。

うつむいたところがうてなすみれ草　　素園

うてなは台、ここでは高殿のことです。御坊の荘厳は伽藍《がらん》のことです。千代女の才気は、少しも衰えませんでした。千代女六十歳還暦を迎えた春のことでした。

2

吉崎御坊へすへ女と参詣した前年、千代女は、珈涼女の願いを入れて、京へ旅たちをしておりました。むろん、本願寺宗祖親鸞五百年法会に参加するためでした。千代女は五十九歳、珈涼女は六十五歳になっていました。

千代女は想い出のある京都へ来ました。乙由と歩いた町をもう一度歩いてみたくなりました。珈涼女も同道でしたが、懐かしさがこみあげてきて、千代女はほんとうに困ってしまいました。京の町は、祖師五百回御忌のために、この年この時、大変な賑わいでした。

二人は本願寺へやってきました。本願寺は正しくは、浄土真宗本願寺派本山、と呼ぶのです。本願寺さんとかお西さんとか松任では呼んでいました。

文永九年（一二七二）、浄土真宗開祖親鸞上人の娘覚信尼が、東山大谷の地に創立した親鸞の廟堂が、この寺の起源になったのです。

本願寺の名称は、親鸞上人の曾孫覚如《かくにょ》が、この廟堂を寺格にした折に、呼ぶようになったとの事でした。この覚如は自ら本願寺三世と称し、教えを広め寺の勢力を拡張致しました。寺はそののち延暦寺の信仰の迫害をうけ、一時は衰えた時もありましたが、北陸、東海、東国を巡歴布教した八世の蓮如の力によって、再び寺勢は盛んになりました。

文明十二年（一四八〇）、山科の地に、蓮如は山科本願寺を築きました。ところが、十世証如の時に不幸にして焼失、寺は大阪の石山本願寺として再建されたのです。

信長と対立した石山寺でした。が、秀吉は寺を大阪から京都の現在の地へ寄進しました。本願寺の強大な勢力をよく見てきた徳川家康は、これを二分し、弱体化しようと考え、慶長七年（一六〇二）第十一世顕如の長子教如に寺領を与え寺を寄進しました。教如は、この寺を東本願寺と呼称しましたので、いつか本山の方を西本願寺と分けて呼ぶようになったのです。

千代女は、この二度目の折、初めて飛雲閣を拝見しました。この素晴らしい建物は、大玄関門を入って右端に位置する滴翠園《てきすい》の蹌踉池《そうろう》に面してありました。飛雲閣はその名のような風流な三層の建造物です。金閣、銀閣、落陽の三つの閣がしつらえてありました。これは秀吉が造った聚楽第《じゅらくだい》の一部であったという話でした。入母屋あり、寄棟ありの秀吉ならではの贅沢なものが、本願寺に移築されてあったのだと聞いております。

千代女も珈涼女も、さすが京の都と驚き入りました。常日頃、百万石のご城下金沢を誇りにしておりましたが、金沢の町と京都の町とでは、天と地ほどの違いがありました。
千代女がこの上洛で吟じた句はつぎのものです。

おしなべて声なき蝶も法《のり》の場《にわ》　千代

門徒がお念仏を説えている最中、祖師を親って、蝶まで飛んで来る、といった親鸞を賛える句意になっております。

地も雲に染まらぬはなきすみれ草　千代

天地にある物のことごとくが祖師の教えに教化されてしまいます。ありがたいことです。それほどにも祖師の存在はおおきいのですよ、と千代女は称えているのでした。

ながれ合うてひとつぬるみや淵も瀬も　千代

すゑの世にながれてぬるみ増にけり　千代

葉も塵もひとつ台や雪の花　千代

珈涼女と二人で宿で過ごすのもまた楽しい千代女でした。

本願寺のことは忘れ、また俳句の話になるのでした。

「千代さんは麦水さんに句集の序文を依頼されたそうですね」

「ええ、こちらへ来る前に書いて送り届けました」

「麦水さんの本の名前は決まっていました」

「麦水さんが千代さんに序をお願いすると言うのですから、千代さんもほんとうに偉くなったものです」

昔の珈涼女と違って、素直なものの言い方でした。

「珈涼さんもよ。今度のことはもう若くないので、麦水さんの依頼も気持ちよく素直にうけましたの」

麦水は高桑闌更《たかくわらんこう》より五歳先輩でした。金沢の堅町の蔵宿の次男坊です。寛永二年に江戸へ下り、鳥酔をはじめ伊勢派系の俳人たちを訪ね回りました。

江戸の帰りには伊勢の乙由の息子麦浪を訪問しました。麦浪から俳諧書林橘屋治兵衛あての紹介状を書いてほしかったようです。その足で京都へ発ち、蕪村からは『鶉《うずら》たち』にと挿絵を二枚かいて貰いました。

麦水の本に、千代女の序文と蕪村の絵が加わりますと、麦水の格も自然上るという算段でした。支考に似て、麦水は句よりもその俳論で注目されていた俳家でした。

「近くの同じ金沢の珈涼さんに頼むとよかったのに」

と、千代女は珈涼女に気を配りました。

「いいえ、麦水さんは冷静に全国の俳諧を眺める目を持っておられます。千代さんを選んだのは当然のことです」

たしかに珈涼女の言う通りです。珈涼女の存在は、加賀一国に通ずるのみでした。

麦水の『鶉たち』は、千代女の序文によって評判は上々でした。

麦水と親しいのは珈涼女でした。珈涼女は麦水と同じ金沢の人間でした。

花が咲いたと言って句会、月が出たと言ってまた句会、螢を見ると言って句会、雪見と言ってまた句会……。麦水の席持ちに珈涼女は繁く足を運びました。

希因門下の麦水は金沢に根をおろしていましたが、同門の闌更は京都、京都から江戸へと雄大な希望を持っていました。

こうした和田希因門下の俳人たちは、みな千代女の友人でした。

「千代さんも金沢へもっと足しげく通って下さいよ」

「三里の道がだんだん遠くなります」

「まだまだ、わたしより若い千代さんが弱音を吐いてはいけませんこと」

「でも、そう感ずるようになりましたの」

「実を申し上げれば……」

珈涼女もほんとうは、千代女のように疲れを感ずるようになっていたのでした。彼女の父喜多村雪翁もとうに亡くなっていました。

雪翁は金沢の町では名士でした。彼は希因の弟子たちを可愛がっておりました。

雪翁が支考のあとに亡くなり、この加賀一帯は千代女や麦水や闌更の世となっていました。とくに、麦水と闌更が先きを争っておりました。千代女には伊勢派の乙由の弟子たちからいつも声がかかっていました。

乙由の息子の麦浪が千代女に懐《なつ》くのでした。千代女は、嬉しいことだと思い、しらず伊勢風の方にばかり気を配るようになっていました。

そんな時の麦水からの要望でした。麦水とすれば、超一流の俳友に協力して貰いたい初一念がありました。京大阪の蕪村と尾張を含んだ美濃伊勢連合の千代女の登場がなによりの味方なのです。麦水の要望は、珈涼女に譲ってもよかったのですが、それでは麦水が承知しません。麦水は、かつての露川のようになかなか痛烈なことを直言する癖がありますから油断はなりません。信州の白雄は、加賀のこの麦水の直撃を受けた一人なのです。その返す手は、近くの友人の闌更の頭をぴしゃりと打っているのです。手も口も早い麦水でした。

麦水をよく知っている珈涼女は、彼の欠点さえよく承知しているならば、彼の催す句会は楽しいものだ、と千代女に言ったことがあります。

生家へ帰ることが億劫になった珈涼女は、時候のよい日和を選んで、松任まで足をのばすのでした。父雪翁の死は、強気の彼女にとっても大きな衝撃のようでした。そのことは千代女も体験ずみでしたから、珈涼女に深く同情してきました。

この京都への旅がそうでした。

ところが京都から帰ると、珈涼女は、夫との死別に合うことになったのです。珈涼女は信心深くなっていたのに、夫の死で更に信心深くなっていきました。

珈涼女は本願寺で聴いた法話を思い出しました。千代女の横でじっと聴いておりました。

僧は、親鸞上人はこうおっしゃっておりました、と音吐《おんと》朗々と話します。魅せられた門徒は、まんじりともせず、静かに聴いておりました。

念仏のほかに別な往生の方法をも知っており、お経の重要な文句なども詳しく、この親鸞という坊主は、特別偉いお上人様だと早合点したならそれは大きな間違いというものですよ。むつかしいお経の話を聞きたい方は奈良や比叡の寺々へ行って下さい。そこには、さもご立派そうな学者僧が大勢おいでになりますよ。その方々に、往生の要領をよくよくお聞き下さるがよいでしょう。この親鸞には、この言葉しかありません。

「ひとすじにただ念仏をとなえて、阿弥陀様におたすけいただくこと」このことにつきるのです。師の法然のいわれたこの言葉を信じるだけです。ただそれだけです。

ともかくも風にまかせて枯尾花　　千代

念仏をとなえ、弥陀様に助けていただく、他力本願の希いが、千代女の句として生まれました。そうかと思えば、つぎのようにも発展していくのでした。

千代女の明るい世界が展望できるのです。

根は切れて極楽にあり枯尾花　　千代

珈涼女は千代女の句境がもう手の届かない遠い所にあるとしみじみ思うのでした。確かに千代女が、「女芭蕉」という世評をうけるのも頷けると、つくづく納得するのでした。

3

いつのことであったか前田家百万石の分家大聖寺藩主が、松任を通られたことがありました。通行の途中でしたが、この辺りに千代女が住むことを知っておりましたのでしょう。突然、千代女を宿場の本陣に召したことがありました。藩主前田中務卿は、千代女に即吟を求めました。

千代女は、この突然のことに驚きましたが、すぐに冷静さを取り戻し、殿様の前で求められた即吟を差し上げました。

飛び出て梅に手をつく蛙哉　　　　千代

自分のことを蛙にたとえ、藩主の前にお招き下さったお礼のご挨拶を申し上げます、の句意を表現したものです。梅は、前田家の家紋です。お招きを頂戴して恐縮でございます。というのですから、藩主は手を拍《う》って千代女の即妙な句作を賛えたことも当然でありましょう。

この大聖寺藩主の推挙があって、千代女は金沢の城主から、俳句の御下命をうけることになりました。

前田家は、宝暦十二年九代前田重靖《しげのぶ》候が藩主をつとめておりました。

この時の藩よりの後にも先にも初めての注文は、幅六点、扇子十五本のご用立てでありました。軸にするものや扇子の面にするものなど、考えてもみないご用命に、千代女は驚きと嬉しさで久しぶりに心がときめくのを感じました。

近々、朝鮮の使節（通信使）団が来朝するのです。加賀の前田候は、彼等に千代女の句を土産にしようと発案したのです。

大聖寺藩主への即吟には「飛び出て」というのでは、余りにも俗談平話の感がありすぎますので、あの時間髪を入れず、つぎを披露して差し上げたのです。

仰向いて梅をながめる蛙かな　　千代

この句で藩主は、唸ってしまいました。そんな大聖寺藩主の言葉を本家筋の重教候が信用し、早速千代女に使いを走らせたのでした。

この朝鮮通信使というのは、朝鮮国王が日本の武家政権主宰者――幕府の新将軍に対して派遣した使節のことです。最初から数えると第十九回目です。

明和元年（一七六四）徳川家治将軍に交友と敬意を示す任務で、一行四百七十七人がやってきたのです。重要な任にある三使は、趙曮《ちょうげん》、李仁培《りにんばい》、金相翊《きんそうよく》の三氏でした。

毎回、この使節団には朝鮮の優れた学者や芸術家なども含まれ、日本の知識人はなにかと彼等から学びとるものが多くありました。そしてこの大使節団を迎えるのに、幕府は各藩に命じ、失礼のないよう早々から準備を整え、各界の人物を江戸に配しました。通過藩でも宿泊地には、それぞれの人物を配し、これまた失礼のないように気を配ってきたものです。

朝鮮と日本の文化の交流は、この通信使が大いにもたらしました。

百万石の加賀藩が、日本を代表する俳人の作品を提供しようと考えたのは賢明でした。日本独特の芸術である俳句は、朝鮮国にとっても珍しくもまた非常に意義深い文化資料となるものです。千代女六十一歳、真剣に句を吟じ、それを厳選しました。将軍や藩主前田重靖候に恥をかかせてはならないからです。

千代女は日本の代表者として俳句を作っているのです。その責任を重く感じておりました。ごまん、というほどの多い俳諧人の中から千代女一人だけが選ばれていたのです。大阪の蕪村も選ばれていません。信州の一茶は、この明和元年の朝鮮通信使が来日した年に生まれたのです。

千代女は、良質の奉書にとにかく清書してみました。

福わらやちりさへ今朝は美しき

よき事の目にもあまるや花の春

鶴のあそび雲井にかなう初日影

梅が香や鳥はねさせて夜もすがら

鶯やこゑからすとも富士の雪

手折るゝ花から見ては柳かな

吹け〳〵と花によくなし凧

見てもとる人には逢はず初桜

女子とし押してのぼるや山さくら

竹の子やその日のうちに独たち

姫ゆりや明るい事をあちらむき

夕かほやもの、隠れてうつくしさ

唐崎の昼は涼しき雫哉

稲妻のすそをぬらすや水の上

朝がほや起こしたものは花を見ず

名月や眼に置きながら遠あるき

月見にも陰ほしがるや女子たち

初雁や山へくばれは野にたらす

百生やつるひと筋の心より

朝〻の露にもはげず菊の花

降さしてまだ幾所か初しくれ

ここには、新年の句が三、春が六、夏が四、秋が七、冬が一句書かれてありました。

朝鮮の人たちにはきっと珍しいだろうと、梅の花、桜の花、朝顔の花、菊の花などを配したのも千代女の発案でした。

加賀藩提供の土産品は、幕府内で好評でした。俳諧の千代女、発明の平賀源内と江戸の噂話になるほどでした。

朝鮮通信使の歓迎行事も一段落してから、千代女は金沢の城下へ呼び出されました。

女人は城内推参が禁止されておりましたから、千代女は藩主の私邸で、重靖候留守居役から直接お賛めの言葉と記念の品を頂戴することになりました。

幕府は朝鮮通信使には、誠心誠意気を配って歓迎しましたが、日光勅使には、いつものように冷淡な態度でした。天皇と公家たちは、これを快く思わず、例幣使《れいへいし》街道の農民たちを苦しめてきました。

朝廷による日光東照宮奉幣使たちは、例幣使街道筋の宿場の伝馬助郷を情容赦なく徴発したのでした。京都で収入の少ない宮廷一族は、この日光奉幣と江戸での寄附活動が楽しみのようでした。そこで、この例幣使団にすすんで参加しようとする者が多くありました。彼等は宿場や村々でていのよい強盗のように金品をまきあげて、行進しました。

たまたま朝鮮通信使の前に日光勅使の下向を知った時のことです。関係の信濃、上野、下野、武蔵の農民たち二十万人は、助郷反対の蜂起に出ました。後桜町天皇は、大変困ってしまいました。当時、将軍家治がこれを正しく治めたので、朝鮮通信使はつつがなく無事帰国することが出来たのでした。英宗朝鮮国王も満足した模様でありました。

前田候に招待された帰途、千代女は珈涼女の家に立ち寄りました。夫にも死別した珈涼女は千代女を喜んで迎えました。

「大守様は、なんておっしゃられましたか」

と、珈涼女は尋ねました。

「朝鮮三使が口を揃えて、俳句とは珍しいものだ、ありがたくおうけする、と幕府の役人にはっきりと言ったそうです」

「これで大守様の顔も立ちますというものです」

と、珈涼女が安心の様子で言いました。

「その通りです。お留守居役のお話ですとご満悦のご様子でした。そのためにわたしをわざわざ松任から、ご城内までお招きしたのです」

「千代さんの作品が、朝鮮まで行ったのですから、こんな嬉しいことはありません。いっそのこと、朝鮮にも俳句が流行るといいですね」

「それは言葉の問題がありますから、どうでしょうか……。朝鮮の言葉で俳句が作られるのなら、面白いと思います」

「そんな時代になるといいですねえ。つぎの時代は、俳諧通信使の交流です」

「珈涼さんたら、夢を見るようなことを……」

「俳句が日本人だけの文芸ならせまいと思います」

と、珈涼女は、朝鮮の国、朝鮮の人のことを想像していました。

「ほんとうです。わたしの俳句が朝鮮の学者たちの中で、どんな扱いをうけているか、そっと見たいものです。朝鮮へ旅をしてみたいものですね。そんな役目をうけましたら、迷うことなく朝鮮へわたし渡ります」

「千代さんは、考えることが違うわ。まさか、そこまで考える千代さんの想像力ってすごい」

「だって、対馬藩なんて、目と鼻の先、朝鮮の土地で生活している人も大勢いるでしょう。鎖国なんて、あちらの人は知らないでしょう。なが生きすれば、きっと朝鮮へ行ける時代になるでしょうよ」

珈涼女と、千代女だけの金沢の一夜は、あっという間に明けて行くのでした。

4

千代女の友人の希因の弟子に既白《きはく》という俳人がおりました。既白は闌更《らんこう》と共に、希因の弟子です。この既白という人は、千代女の句を誰よりも高く評価しておりました。

既白もまた加賀の国の寺井の生まれで、金沢に住んでいた僧です。最初は希因に学んで、無外坊とか既白堂とか雲水坊とかさまざまの号を使った風流人でした。

千代女の句を愛し、なんとか千代女の句集を出したいと考えていました。

男の俳人の多くは、自分で句集を発行し、いち早く自分の存在を天下に知らしめようとする習慣がありましたが、女の千代女は句集を出したいなどという欲望もなく、自然のままに生きておりました。

この千代女の姿を見ていた既白は、どうしても千代女の句集を編集してみたくなりました。同じ加賀の人間が、天下に名声を轟かす千代女に句集がないとは情けない、加賀俳諧人の恥だ、と思ったのです。

既白はひと肌脱ぎましょう、と句集の編集を千代女に申し入れました。ところが千代女は、ていよく断ってきました。それでも既白は、編集の志を曲げず、機会をみて千代女の句集を世に出そうと考え続けておりました。

千代女は、余りの熱心な既白の申し出に折れ、千代女の句集は、明和元年（一七六四）に『千代尼句集』としてめでたく発行されたのでした。

この編集には、既白も気を配ったものです。

序文は既白の知人で千代女を高く評している南越の藤松因《とうしょういん》に頼みました。

すると、学者藤松因は得意の漢文で、千代女を日本の歴史上有名な小説家紫式部、歌人小野小町、随筆家清少納言とくらべあげ、俳人千代女をその系譜にはっきりと並べたのです。女性文学者の日本の代表の一人として、彼は序文で千代女を高く掲げることにしたのではありませんか。

編集者の既白は、これを見て満足し、あとは思いのままに編集可能と計算したのです。

つぎに掲載するのは、千代女の師、支考の文章が必要でした。しかし、支考はとうに亡くなっていましたから、生前中の千代女に差し出した手紙を採用することにしたのです。

「遠き所わざわざとの消息、あさからず喜び入存候。約束の一おり。発句はよそよりとや、げにもをとこめきしか、わき殊の外宜候。をくら堤の句は人にも聞およびてなされ候や、外山あきし野の雨のけしきも、只見るやうに面白く候。其外もしほらしく附合は是にてよく候。かならずや人になにをして御もらひあるまじく候。ととなはぬ所あるを、をなごの本情とほめ申事にて候、発句の事も藤の花すぐれて面白候。未略。

三月盡　蓮二

千代様」

支考の指導者ぶりを伺うこの手紙は、千代女の評価になっておりました。編集者既白は支考が千代女の句を絶賛したこの手紙が句集を飾るものとして一番に採用したかったものです。

既白はながながと千代女論を名文で展開したあとで、つぎのように編集発行の理由を述べているのでした。

「こゝに南無妙法華経の妙は、五千余巻に上ぬりして大自在を得たり。せばむれば芥子の中に入り、ひろがれば那由他の大身を現ずるがごとく、颯《さつ》とも琵《ひつ》とも風とも凜とも、四時に流行し、千歳に不易せばこれを蕉門の虚に居て、実にはたらくといふ一伝なりと知るべし。これは是不知してかしこかれといふにあらず。しりておろかなれと、それごとの調子をあわせたるのみ。

享保十孟夏上院　不五舎人宇中誌之

老ぬればやがて死ぬべき身なりと、

すへの世の記念にしるし侍る。

片われのいの字書間せ夏の月」

既白がこれを書いてからなんと三十九年目に本は出来たのです。いかに早くから千代女の人柄、千代女の作品に彼が惚れ込んでいたか理解できるのではありませんか。

千代女が乙由と京都でたった一度二人だけの蜜月の旅を楽しんでいたその年に、既白は金沢で千代女の句集のための千代女伝もしくは千代女論を執筆していたことが分かります。

乙由のことで頭の中が一杯の千代女が、既白の申し出を素直にうけ入れる訳がありません。千代女は、句集などに少しも関心がなかったのです。明けても暮れても思うことは乙由、麦林舎のことだけでした。

それにしても、いくら断られても、また断られても諦めない既白の根性に千代女が折れるのもまた自然のなりゆきでした。

既白が麦林舎乙由の「いせのふみ」を、この千代女伝のつぎに載せたのも当然のことです。廬元坊から離れて、千代女は乙由の弟子になっていたからです。しかし、もう千代女は師弟をぬきに、日本の千代女になっていたのでした。既白が句集の発刊準備をしていた頃は、加賀の千代女でした。だが、今は押しも押されぬ日本の千代女になっていました。

乙由の愛情のこもった千代女への句評は、支考のものとは根本的に違っていました。麦林舎乙由は、純粋な愛情の発露として句評を現しておりました。

既白はついで乙由と千代女の連句を載せました。「対加陽千代女」という小見出しもなかなかなものです。乙由と千代女が一体化した伊勢の麦林舎訪問の折のものでした。そのことも、前の支考のこともすでに述べておきましたが、ここで重ねて二人の呼吸をかい間みることにしましょう。

金の名の笠に芳はし花の雪　　麦林
　とをき日影も水ぬるむころ　　千代

句集の跋文は、既白の友人闌更に寄せてもらっています。闌更は京都や江戸まで足をのばし大いに活躍した一級の俳人です。京都で嵐外《らんがい》という弟子をとり、理由あってこの嵐外を甲州へ旅だたせました。嵐外は甲州で風狂の生活を送り大成しました。師の闌更は京都に没しました。嵐外は甲州で客死しました。

闌更は、句集発行の前年にこの跋文を書きました。千代女が、句集発行を許したのは、多分、宝暦十二年か十三年頃と推察できます。

「帯も袂も裾にひとしく、又平が絵に藤の花もたせし頃より、その名あまねく、あめがしたに聞へければ、しらぬひのつくし人も、鳥が鳴くあづま人も、この尼の風流をしたはぬはなき世とはなりけらし。

いでや句の姿は、あはれなるやうにてつよからず、いはばよきをうなの、なやめる所あるに似たりと、古人のことばのごとく、つよからざるはをうなの句なればなり。

今、老の身のおぼろげなるすゑまでも、かく蕉風のいとすぢを、みださざる事をつねづねかんじあへる中にも、無外庵の主、したしみ深く、をちこちにちりみだれたる句を書き集めぬれば、おのづからすける人々のかゞみともなるへき事おほければとて、しきりに桜木にちりばめて、千代尼句集と題するものなりと、法師の物がたりありしままに後序に筆をつく。

宝暦十三癸未初冬

加州金陵　　　半化坊」

句集は京都二条寺町の橘屋治兵衛の所と江戸は銀座二丁目山崎金兵衛の二か所を発行元として出したのです。句集は、闌更が書いているように、千代女の名は「あまねく、あめがしたに聞へければ」、たちまち好評のうちにさばかれていきました。

既白の苦労はついに成功しました。どんな苦労――四十年近い苦労も、今は快挙快楽になっていました。

外に宿る身を忘れたる寒さかな　　既白

既白は、『千代尼句集』に五百六十句前後の作品を集めたのです。闌更の言う「遠近にちりみだれたる句」を集めるのは大変な仕事だったのです。

いざ句集になってみると、千代女は既白に改めてお礼を申し述べることになりました。

六十二歳になって、体の衰えをはっきり自覚するようになりました。

素直な気持ちで、後輩の既白に頭をさげて言いました。

「既白さんのご努力で立派な句集になりました。文考先生や乙由先生の手紙も配して、なかなか面白い本になりましたねえ。また藤松因さんや闌更さんの過分のお賛めの文章も前と後に飾られてありましたのもみな既白さんのご苦労の賜です。ありがたいことです。四十年もかかって、やっと一つの本に出来たのも既白さんの根性でしょう。わたしが、まだ駄目、まだ駄目だと首を縦に振らなかったのがいけなかったのです。悪いことをしてきたとお詫びします。なぜもっと素直に、既白さんの申し出を気持ちよくおうけしなかったかと、後悔しておりますよ」

「わしは、千代さんの句が好きで、千代さんの句集を編むのはわしの道楽なのです。天下の千代さんの句集を編むのは、日本一光栄なことです。加賀には百万石の天下一と千代さんの日本一の俳人がいることになったのです。多分、わしの名前は、千代さんの句集と共に浮世に残るものと思います。ですからお礼を申し上げるのはわしの方です。わしの我が儘を許して下さって、ほんとうにありがとうございました。評判は上々で、皇都書林からも東都書林からも大変喜ばれております。早くも京都の出版元からは、もっと句や文集を探し出して、第二句集を発行しよう、と声をかけられているのですよ。これからは、句も文章も必ず控えを手許に保存しておいて下さい。そうして下されば、大変ありがたいのです。わしは、第二句集も、五、六年後には必ず編集するつもりです。千代さんもそのつもりで、大いに句作に励んで下さい」

千代女は、この既白の言葉に驚いたのです。生涯句集なんか一冊もいらない、と無欲に考えていたのに、こうして立派な一冊の句集が誕生してみると、なるほど句集の一冊ぐらいは俳人にとって必要欠くべからざるもののように思えてくるから不思議でした。

それにさらに第二句集という話です。もう素直になって、既白に任せることにしました。

「はいはい。既白さんのおっしゃる通りにしましょう」

千代女は、心から嬉しくなり、腹の底から笑いました。既白もほっとした表情になって、言いました。

「わしも安心して千代さんの句集にとりかかることが出来ます」

千代女は、親鸞の言葉を思い出していました。また、乙由にこの句集をぜひ一目見てほしかったという思いにかられもしました。松任と伊勢の距離は確実に遠くなったように淋しく思われたのでした。

いやいや。

蝶々《てふてふ》や幾野の道の遠からず　　千代

5

画家の細江千尺の求めに応じ、千代女は彼の飛騨十景の絵巻に、讃をしました。千代女の讃が、千尺の絵をより引き立てる役割を演ずるようになっていたのです。

千代女の行く先々で、彼女は一句一筆を求められるのです。千代女も気軽に応じていました。細江は、千尺に千代とは縁起がよい、と言って一人で無邪気にはしゃいでいたほどでした。

康工《こうこう》編『俳諧百人首』が、出来たのもその頃のことでした。

近くに住むすへ女に、このことで千代女は手紙を書きました。書いて六兵衛に持たせたのでしょう。それともなおに持たせたのか、今ははっきりとしておりません。近くの親しいすへ女に対し、千代女は丁寧な言葉づかいで手紙を書いておりました。

「ことの外あつくなり参らせ候てもごきげんよく御暮し被遊《あそばされ》候事かずく御めでたくよろしく存上参らせ候尼事ぶじにしのぎゐ参らせ候おもしながら御心安く思《おぼ》しめし被下度候。すぎしは金澤へお成あそばし候よし御留守様にまゐりうけたまはり参らせ候御くたびれあそばし候はんと御うへ申上候とかく何かといたし文して御うかゞひ申上ずけふまで御ぶさたに過し参らせ候御かもじ様はじめさせられ御どなた様へもくれぐ申上度願上参らせ候きのふ御届物被下かたじけなく存上参らせ候こなたふたりもよろしく申上たく参らせ候くどふはかさね候はんかしと先残し参らせ候めでたくかしこ。

返《かえす》がえすこのほどの御作うけたまはりたくまち入参らせ候尼申見参らせ候御聞被下度候。おさわ様へもよろしく申上たくぞんじ上候。

追て申上参らせ候はいかい百人首御覧に入度存じゐ参らせ候うちかたぐ御越先《こし》ぐへ御持はこび

被成それゆゑおそなり参らせ候和青様へまで行きて御慰みに御とり寄せ御覧可被下《くださるべく》候。
水無月六日　ふゑん
おすへ様」

分かり易く書き改めておきましょう。

「大変お暑くなりましたが、ご機嫌いかがでしょうか。私もなんとか無事にすごしておりますのでご安心下さい。先日、金沢へお出かけのご様子、お留守に伺いうけたまわりました。何かと身辺雑事で手紙もさし上げず、今日になってしまいました。母上様をはじめ皆々様によろしくお伝え下さい。うちの者たちからもよろしくとのことです。詳しいことはお会の節、ごきげんよう。

最近の作品を拝見したいと思います。お待ち申しております。おさわ様へよろしく。

なお『俳諧百人首』をご覧になって下さい。現在、和青様のところにあります。お取り寄せ下され、御高覧のほど」


この『俳諧百人首』には、千代女のお気に入りの大切な一句が掲載されてありました。千代女は、すへ女の勉強にもなると思って、一見するように勧めたのです。

落鮎や日に日に水のおそろしさ　　　千代

金沢の珈涼女が病の床に伏したという知らせをうけたのも明和二年（一七六五）の春頃のことでした。珈涼女は千代女が大変お世話になった雪翁の愛娘でした。千代女の少女時代からの友だちでした。千代女は、早速金沢の珈涼女を見舞うことにしました。

「よくぞお出下さった……」

と、言って珈涼女は涙を流して喜びました。

「わたしはどうにかまだ足が丈夫ですから平気です。あなたが病に伏したと聞けば、すぐ飛んで来ますよ」

と、千代女が元気づけるように話しかけました。千代女は小鳥にでもなったつもりで、走るとか駈けるとかと言いませんでした。

「こうして床についておりますと、昔のあの日この日のことごとが日々思い浮かんできます。懐かしいことばかりです。みんな楽しいことばかりでした。思い出の中で、ずい分わたしは千代さんに厄介になったことがよく分かりました。今頃になって申しわけのないことでございます」

「なにをおっしゃるのですか、珈涼さん。また、お元気になられて、小さな旅でもいたしましょうよ」

「はい。千代さんのそうした励ましの言葉が嬉しくて嬉しくて……」

珈涼女はまた泣いてしまうのでした。

「若い頃は、千代さんを大そういじめておりました。わたしは父の家であなたに会って、ずい分あなたをいじめましたわね」

「そんなことはありませんでした。わたしは雪翁先生のお宅で、仮名遣いや画法や書道を学んだのです。みな先生のご配慮でした。あなたから、ひどい目にあったことなど一度もございませんでしたよ」

「いいえ、あなたはわたしを許して下さっているのですよ。千代さんは熱心な門徒ですから、わたしを許して下さったのです。わたしはほんとうにいやな女でございました。祖霊五百年遠忌で京の本願寺さんへお参りしてから、わたしもどうにか人間様の仲間に入れていただいたようなものです。そんないやな女のために、わざわざ金沢までお越し下さって、お見舞いのお言葉など頂戴し、ただありがたくて、ありがたくて……」

珈涼女は、またまた涙を流しました。

「わたしは、幸い足が強いので、三里の道もまだ平気なのです。近江八幡に住む二代目暮柳舎《ぼりゅうしゃ》さんも心配しております。あなたに会ったらどうかよろしく伝えてという伝言がありました」

暮柳舎は、珈涼女も厄介になった綿屋希因の息子です。希因は寛延三年（一七五〇）に亡くなっていました。息子は暮柳舎後人《こうせん》という号で近江八幡に住みその地で活躍しておりました。

「後人さんがねえ……」

珈涼女は、昔、若い頃、後人に敗けてたまるものか、と女の元気のよいところを見せた一時期もあったのです。

「近江八幡へまた行ってみたい……。石山寺にも義仲寺にもお参りしたいわ……」

「早く元気になって、行きましょう。ご一緒に」

「暮柳舎はお元気ですか。お会いしたいものです。父親の暮柳舎の息子が同号の暮柳舎後人になったのでしたねえ。ああ、面白い」

今度は珈涼女が初めて笑いました。

「その調子です。暗く考えては駄目です。すべては阿弥陀様におすがりするのですよ」

と、千代女は、本願寺の説教を思い出させるように言いました。

「やっぱり千代さんは、悟りを開いておられます。わたしはまだまだですよ」

「悟りもなにもいらないのです。お念仏を説え、阿弥陀様のおたすけをたのむだけのことです。だから、やさしいことだと思います」

しばらく珈涼女は黙っていました。

「わたしも病に伏してから、お念仏だけはしております。でも、淋しいのです」

と、珈涼女は正直に心情を千代女に告白しました。

「淋しいのは誰もそうです。松任の田舎ではもっと淋しいのです。ですから、わたしは近くのすへさんとばかり話し合っているのです。淋しい時は、お念仏を説えるのが一番よいのです。法然さん、親鸞さんのお言葉にしたがって、阿弥陀様にひたすらおすがりするようにしております。もう、他力本願しかないのですから」

珈涼女は、布団の上に起きあがっておりましたが、やはり疲れているように見えました。

「横になって」

と、千代女が手を差し出しました。

「ありがとう」

珈涼女は、静かに布団にまた就きました。

「お休みしながら、発句して下さい。それを見せて下さい。楽しみにしております。あなたの句を拝見するのが、わたしの励みにもなるのですから」

「あら、ご冗談を。あなたはもうわたしの手の届かない所におりますものを」

「とんでもありません。わたしだって、康工さんの『俳諧百人首』に一句入っていただけで嬉しくなって有頂天になるぐらいのものです。すへさんに、早くご覧なさいよ、なんて手紙を書くのですから、あなたと少しも変わりはありません」

「千代さんは、いつも控え目な方ですから。でも、すへさんだって、紫仙さんだってみなそのことはご承知ですよ。千代さんはいくら有名人になってもお人柄が変わらないのがいいのです。みなさんが信頼している理由です。こうして、病人の見舞いまで当たり前のようにして下さるのが、千代さんのお偉いところです」

また、珈涼女は涙を流しています。

「まあ、わたしは今も昔も同じ千代です。松任の福増屋の千代ですよ」

と、言って、千代女はわざと大きな声で笑ってみせたのです。

見送れば墨染になり花になり　　千代

6

珈涼女は、薬石の効もなく明和二年（一七六五）の暮亡くなりました。だんだんと金沢が遠くなるように思えました。

千代女は、中《なか》一年おいて、また旅をしようと思いたちました。千代女の周囲から懐かしい大切な人が一人また一人消えて行くのに耐えきれない淋しさを覚えました。

まだ幸いに健康な千代女でした。旅をするなら今のうちです。なんと言っても隠居の身は自由です。もう、六兵衛やなおの心配も押し切って家を出る他はありません。

閑かさは何の心や春の空　　千代

千代女の心は、はやくも山陰山陽の上にありました。芭蕉の『奥の細道』を真似てか、千代女はその旅日記を書きました。

『老足の拾ひわらじ』と題しました。千代女六十五歳。数えの六歳。『老足』という名づけた意味もここにありました。

「千里は足の裏より発すと故人言へり、予ことし六十六歳にて、算れば既に十三年の齢を延たり、是はからざる幸を得たり、いでや此夏此秋を跨ぎ、山陰山陽の旧友にいとまを乞はんと、小半時片膝余る浴みして、もろもろの垢を洗ひ、内外清浄六根健かにして、水無月七日亦例の皮籠を背負、四壁無くして蚊の攻め寄せしあばら屋を先づ連れ立出たり。

曙や蚊のうろたゆる枕元　　千代」

千代女は、乙由の師芭蕉に迫っておりました。格調の高い文章を書き始めました。この調子で書きすすめばよい、という見透しがつきました。『奥の細道』は、よい手本になりました。千代女は、今まで書いてきた文章は、俗臭の鼻につくものばかりだと、この文章を書き始めて思うようになりました。これなら、十分、読むに価する紀行文になっている、と自負してもよいような気持ちに支配されてきました。

元気なうちに、旅を続け、書けるだけ書け、と、千代女は自分自身に命令しておりました。

曙や蚊のうろたゆる枕元　　千代

その先きを書き続けよ、と千代女は筆を持ち直しました。

「爰《ここ》に東武中屋某といふあり、彼此城下の産なり、五年以前東武にをいて、われをいたわること頻りなり、信有哉此人、三十とせのおもひを語らんと、頻りにゆかしくや、古園のゆかりを尋ね来って、二十日あまりの夢を結びぬ。予も白髪頭を並べ、竹馬より春秋を語り明しぬ、光陰すでに盡き、今日や東に帰らんと、我に名残の志を述る、是幸の同気求めたりと、せめて二三日の伴ひを約し、かゞ笠の白きに網代笠の寂たるを並べ、夕の星去って朝の霧を払ひ、すでに城南の関門を越えたり。橘の植木茶屋に見送りし人々の、盃の名残を惜しみ長峰を行けるに、白雲東西に去って、南北の山するどく顕はれたり、汗をふくにはいとまなくて、

暑き日や水も動かぬ山の影」

千代女を崇拝する「信有哉此人《しんあるかなこのひと》」なる者に会い、楽しい旅枕ですぐ別れるのも惜しく、なお旅は道連れを始める風情がなんとも羨ましい限りです。

それにしても、文章の肝心の節目、節目には、名句を据えて、文章全体に活をいれるあたりは、さすが芭蕉が目にしてもきっと感心したことでしょう、と誰しもが考えてしまいがちです。

出発にあたっての一句といい、今度は夏の暑さがどのように暑いかを表現する句の力強さに、ただ

ただ圧倒されてしまいます。

文章と句がじつに補完し合っているので、隙がありません。

千代女も最早や大先生です。千代女が旅をすると聞けば、若い弟子は「古園」、つまり素園、つまり千代尼に傅《かしづ》くのを喜びとしております。性を越え、竹馬からの友人でもあったかのように師弟は意気投合するのでした。

二人の道連れをもう少し眺めてみましょう。

「蓮の浦にて
蓮の葉に汝の世渡るや雨蛙

嫁落にて
穴のほとりむさと踏なよ蛇いちご

長范か松にて
松枯て蟻の出て見る立姿

梯原照厳寺にて

大寺や鳩の鳴ける夏木立

四万山の話いひもて行けるに、此日は鹿島立の疲れ侍りければ、先福井松本なる勝見屋をたづね旅泊す、明けの八日のかはらぬ暑き空を言つどひ行けるに、土馬のあら町となんいへる所にて、

暑き日や蝉の時雨る長縄手

越府絹太夫方にて中食の紐をほどき、漸く今庄につきぬ、名染の角佐に笈を下す、御嶽権現にて、

鳶舞て笛吹き登る雲の峰

旅の枕を友とす九日は河内なる柳卜子にて、中食の棚を明けて、暮方雨いとう降けるに、ござといふものを求めて凌ぎ行ける

夕たちや己れを包むかふりもの

其夜は木の本の宿屋に泊り、爰に草鞋をとき、かしこに杖を捨て、先濡れたる衣を乾かし、酒杯買ふて、翌日の別れの名残を惜しむ。誠や夢の世に生し、互に語るも又夢なれや、それさへ短き夏の夜の、はや明がたの鐘肝にしみ、ゆふべの雨のほせやらぬに、袂重たき別れのなみだ、予は、東路へと小谷水上の方へ越ぬ、予は京師へと長浜の方へ杖を引けるに、其間数百歩にしてふりかへり、互に胸にや迫りけん、呼はる声だには出ず、只扇を揚て、

東西へ別れて鳴や閑古鳥」

千代女は、かつて彦根の城下で別れた懐かしい乙由の上にこの弟子を見ていたに違いありません。「酒杯買ふて、翌日の別れの名残を惜しむ」などとは、大変、粋な千代女ではありませんか、乙由の息子の麦浪が、この旅を心配して伊勢から便りを届けたのも千代女に嬉しいことでありました。

千代女は、これから一人で芭蕉の墓のある義仲寺を目指すのでした。

「米原の藪畳を経るとて

嵐して竹の皮むく笠小舟

擂針峠を見揚て、
すみ針や落風薫る東道

縁結び小町塚にて、
裾にもつる憎から織や美人草

草津なるうば餅茶屋に暫く腰して、道づれの人にいざなはれ、渡しの船に乗、唐崎の松の朧も晴れわたり、比良坂本の景色に絶え、都の富士に雪のなきこそ少し残念なれ、志賀の都の荒にしは、世のうつり行さまなればなれと観ず、
葉さくらは昔ながらの姿かな

粟津義仲寺に舎りしは、則古翁の御命日なり、像前に手向るとて、
芭蕉葉の陰や玉巻我なみた

幻住庵には如月の頃より、尾張のなにがし、庵守して二十騎ばかりの門人を控へたり、此日は義仲

寺と源平に分けて百韻を興行す、予は源氏方へ一身して、粟津が原合戦、漸く其日の暮方に凱歌を奏す、十三日は京師へ杖を引く、御幸町姉ケ小路上ル所なる、故人半化坊の住庵をたづね宿りして十四日の山わたしを見歩行き

祇園会や舟を曳行京の町」

半化坊とは闌更《らんこう》の別称です。闌更は千代女の友人で京都にながくいました。闌更は、『千代尼句集』に跋文を書いた懐しい人でしたがすでに故人になっていました。

闌更には、弟子梅室がおりました。また甲州には可都里《かとり》がいしました。若い嵐外も闌更の弟子でしたが、俳諧修業のため、師と親の命により、彼は甲州の可都里を訪ね京を出ていきました。辻嵐外はのちの天保の代表的俳人として高く評価されるようになるのです。また、梅室《ばいしつ》の弟子には、たしか井上井月《せいげつ》がおりました。井月は越後長岡藩七万四千石の武士でしたが、脱藩し江戸で梅室の門に入り俳諧師になりました。のち、信州伊那谷を放浪し、野ざらし同様の死を遂げるのです。嵐外も井月も妻も子もなく異郷の地で流寓生活を送っていたのでした。師の闌更も生前都の宗匠とは言え、京で淋しく生きておりました。

雪消えて麦一寸の野面かな　闌更
身の冬を油徳利の古さかな　嵐外
棟梁をひとり残して月の客　梅室

闌更は京の東山双山寺の中に芭蕉堂を創立し、そこに住んでいたのです。奇人の癖はありません。一見平凡な人柄のような人ですが、深味のある魅力が弟子たちを集めていました。

千代女は闌更の芭蕉堂に泊ったのでした。

千代女の有力な友人たちは一人また一人と亡くなっていました。珈涼女も白雄の師の鳥酔も翌年亡くなっていないのです。

義仲寺で千代女を迎えた仲間と百韻の争いで勝って喜ぶ千代女は、まるで子供のようでもありました。そんな遊びこそが、旅の楽しさ、淋しさを忘れさす、無二の俳諧ごとであったことでした。

7

千代女は京に着いて、ほっとしました。京は乙由との思い出深い場所でした。今回は一人孤独の身で、楽しみは京見物ぐらいのものです。

金沢でも見ることのできない芝居をまず見ることにしました。

「十五日は南の芝居を見物す、祭りの衆中のつぶやきけるを聞き侍るに、藤十郎は十七日より土用中休みと申あへり、予大きに驚き彼れを見ずんばあるべからずと、芝居果ると其まゝ、直に伏見より乗合の舟に夢をむすびぬ。

苫舟《とまふね》や水鶏のたゝくちからなき

東雲《しののめ》の頃なん、八軒屋に舟は着きてけり、急ぎ道頓堀を一返廻り尋ね侍りければ、角の芝居はきのふ切に休み侍りしと、人々のいひあへりけるに、是非なく淀屋橋すぢを北へ戻り、榁木町のほとりを尋ね、同郷の産なりし詩伯が許に一飯のめぐみを受けて、其日の黄昏、京都へ戻り侍りぬ、十七日は小用など調へ仕まひ、十八日は御輿洗ひのかしましきに押合て、

夏祭り傾城坊主になりけり
傾城を坊主にしたり夏祭」

千代女が意外に芝居好きであったことも分かります。また、六十五歳だというのに、結構若々しく、生めかしくて、文章を引き締める働きを期待する意外な句にも遭遇するのです。千代女が自分の下着の洗濯を京の都でしている姿を想像するのも面白いものです。また、道化て自分を美人となぞらえてはばからない千代女が老境の女人とは言え、なかなか可愛いものではありませんか。

「十九日は、四条近江屋ほとりなる法雲寺へ、和尚の伝言など申侍り、西本願寺へ暫く別れの念仏して島原を過り、出口の柳なる草の辺に佇《たたづ》みて、

きぬ〳〵の忘れ草摘紅の花

浪花たる天満祭りは、伊勢の海のたび重なれば阿漕なると、余所にのみ見て、まだふみも見ぬ大江山生野の道の丹波路を、杖の行にまかせて、いでやことしは山陰の北海へ渡らんと、朱雀村を過ぎて向ふ見れば、島原の客迎ひのたはれめならん道草しけるに、

うかれ女の手にふれて詠けり紅の花」

千代女は、この時三国の港町で遊女として生活している泊瀬川《はせかわ》のことを思い出していたのでした。彼女は実名をぎんと言います。このぎんは、歌川という号を持った俳諧人でもありました。千代女には二十代の頃から、じつは歌川との交流があったのでした。

千代女が三国の歌川の宿へ行くことはありませんでしたが、歌川は、しばしば松任まで足をのばしていたのでした。

この歌川の人柄は誰にでも愛される珍らしい苦界の女性なのです。抱主は、そうした歌川の人柄を好み、彼女の言動を信頼しておりました。苦界から俳句を吟む歌川を、出来るだけ自由の体にしてやろうと努めていたのは、抱主でした。歌川も主人に応えるべく、楼でよく働いていたのでした。そのことを知っての京の島原の街、島原の遊女のことが、千代女にはなんとも気がかりだったのです。

「此辺に松の尾の御旅所、六条半官為義の石塔も見えたり、川勝寺むら、つめた川、かわら町、桂川など渡り、右の方に松の尾の社見ゆるなり、向ふの在を桂と申侍るとぞ、水上は若狭より丹波岡部へ流て、清瀬川へ落、大井、梅津、となせ、桂と所々にて名のかわるなり、西芳寺、上山田村、下山田村、文徳帝車塚、御陵むら、川島むら、二町縄手、樫木むら七八丁行と芋が峠という小坂あり、塚原村、大原野、春日の社、勝持寺西行の旧跡なり、沓掛村を過ぎて、酒呑童子の腰掛石道の左にあり。

道引よ丹波太郎の雲の峰

老の坂是を大江山といふ、山城丹波の境なり、大江の坂をあやまって、をいの坂といふか、峠に子安の地蔵堂あり、爰に腰して眺望するに、左にあたご山、右に京伏見など見え絶景なり、懐妊の女堂の柱を削りて、臨産の時口にふくむ必ず安産す、日は早や西の端に入りぬ、地蔵堂の椽のはしに舎りを求め、手枕に一睡を催しけるに、蚊の責寄ること雲霞の如し、恰も項雨が九里山に囲れし舎りもかくやと、

責《せめ》る蚊をつかみ喰たき佗寝かな」

千代女のはげしい気性の一面は、こうした句に見られます。素園とか尼僧とか世間で言う人もおりましたが、彼女が五十六歳の時、越後に生まれた良寛和尚などと較べてみても、許せぬ者はどこまで

も許せぬ、というこのはげしい気性は、千代女の「責る蚊をつかみ喰たき」の句意の中に、はっきりと示されておりました。ついつい蚊に腹一杯自らの血を与えた良寛との違いをこの句に見てしまうのでありました。

千代女は、京山城を出ました。丹波へ足を踏み入れました。旅の本番はこれからです。

家を出る時、

曙や蚊のうろたゆる枕元

と吟じて発ったのでした。そして、今は京を出て、

責る蚊をつかみ喰たき侘寝かな

と吟じ、旅の序章をしめくくりました。

この時の『老足の拾ひわらじ』は、千代女の句以上に高く評価されてもよい文学作品として輝いております。しかし、芭蕉の『奥の細道』が、千代女の「山陰山陽の旅」の紀行文を、一番せんじと見

たがるものがいてかどうか、思った程の高い評価とはならないのでした。

けれどもかりに女人の書いた「俳文」として眺めてみるにしても、他にこれだけの格調と内容の面白さを備えたものはなかなか見当たらないのです。

千代女一世一代の『老足の拾ひわらじ』は、もっともっと多くの人に読んで貰いたい優れた俳文学になっていると、当時の麦浪などはちゃんと見抜いておりました。信州の白雄《しらお》もまた千代女の仕事を、女性ながら天晴れと手放しで称讃しておりました。

白雄は、元文三年（一七三八）信州上田藩五万三千石の城下の藩士の生まれでした。『田毎の春』で名をなした俳人です。多くの紀行文を表し、これを得意としておりました。甲信地方はもとより越後、加賀までも足をのばしました。

今回、千代女が『老足の拾ひわらじ』を書き、これを目にするや、一度、千代女に会いたくて加賀金沢までやってきました。

しかし、長旅から帰った千代女は、ついに床に伏し、健康がすぐれず、日々、今日この一日の長さに苦労しておりました。

金沢の知人たちは、白雄に松任まで行っても千代女は会わないだろう、と口々に忠告するのでした。

白雄は、是が非でも千代女を表敬訪問したく、よし、松任へ推参し会えぬならそれもまたよし、と腹をくくり、さらに南へ三里歩きました。

白雄は、会えたらまず千代女の今回の紀行文を高く推賞することだと思っていました。そのことを告げずには、ここまで来た甲斐がないと考えていたのです。

ところが千代女は、案に反し、気持ちよく白雄に会ったのです。芭蕉なき現在、千代女は名実共に女芭蕉でした。その六十八歳の病床の千代女が、はるばる、江戸、信州、越中、加賀と旅を続けてきた目的の地、松任でこの白雄の面会を快諾したのです。床に伏している千代女は、長旅をして来た白雄を喜んで迎え入れたのでありました。

白雄は、千代女のこの態度に感激し、思わず『老足の拾ひわらじ』は芭蕉翁の作品に堂々と比肩する、とはっきり述べたほどでした。

この時の様子を、白雄は自分の弟子に手紙で書き送っておりました。

「松任の千代尼を訪ね候ところ、今程は、病気にて行脚にたいめんせざるよし、尤短冊など思ひもよらざる事をや、されど金沢の趣相聞てゆかしかりしとて、病褥をよろよろと立出でたいめんたし候(中略)よろりよろりと別れ候節、門おくりせし事ども、命長かれと思ふより外なく候」

千代女訪問は、面会謝絶、短冊を乞うなどもっての他、という世評でした。金沢の俳諧人は口々にそう語っていたのでしたが、案に違わず白雄には面会快諾の許があったのでした。

白雄は、この老大家の旅人への応対が嬉しく、千代女の偉大さを事毎に宣伝するのでした。

千代女はよろよろと衰えた体でありながら家の外まで出て、白雄の姿が宿場の家並に隠れてしまうまで見送ったのです。このことがまた白雄を深く感動させたのです。

千代女は、童女のような馬繋ぎ石に腰をおろし、白雄に細い腕をあげて別れの合図を送りました。

白雄は元気よく手を振って、未練を立ちきり、身をひるがえして消え去りました。

千代女は、「東西へ別れて鳴や閑古鳥」の句を思い出していました。が、いつしか、また、麦林舎乙由から、初めて熱烈に歓迎された若い頃のことを思い浮かべていました。

金の名の笠に芳はし花の雪　　麦林
蝶ほどの笠になるまでしたひけり　　千代

8

しばらく体の具合もよく、家の中で静かに読み書きしておりましたが、明和八年（一七七一）三月、再び千代女は寝込んでしまいました。

嬉しいことがまたありました。この同じ年、既白が千代女の第二句集を編集し、皇都書林から発行したことであります。第一句集より句の数は少ないが、それでも三百三十句ほどが収録できました。

千代女を尊敬しております巻阿《けんあ》は、千代女を訪れた時に「尼素園をたづぬれば小町の事おもはれはべる」と唱えて、千代女に一句を献じました。

夕顔やつよからぬ花のしたはしき　　巻阿

また、千代女の句集にこだわって半生を生きた既白は「冬日素園尼をたずねて」を序《じょ》し、このように千代女に献じておりました。

水仙やものにそまらぬ花ごころ　　既白

この既白の手に、まだ墨の香も漂う第二句集『俳諧松の声』が一冊ありました。

「只今、京から届きました」

と、既白が声をはずませて千代女に言いました。生前中に、二冊も句集が出るのは珍しいことでした。しかも、自分が勝手に作ったのではなく、他人の手で、ちゃんとした出版元から売り出されているのであります。

「まあ、まあ、まあ……」

千代女は、言葉になりません。涙を流して喜んでおりました。

「なにもかも既白さんのおかげです」

千代女は京都で西本願寺にお参りしたことを思い出したのです。山陰の路へ出る前、なによりもまず、旅の安全を祈って、本願寺に詣でたのです。その間にも、この本が作られていたのでした。

「無外庵さんのご配慮は決して忘れません」

と、やっと、はっきり千代女に礼が言えました。

「どうして、どうして」

と、やはり既白も嬉しそうに、にこにこしておりました。上下の前歯が二本も欠けてない既白の笑顔は、まったく憎めない仏のような表情でした。

「坡仄《はそく》さんや闌更さんにもまたご迷惑をおかけしておりますね」

「とんでもない。二人とも千代さんの句集ならと、それこそ光栄だとすすんで書いたものです」

この二人の序文が千代女の句集を飾っていたのです。

伊勢山田の坡仄はこう序文に書きました。

「哀なるやうにてつよからぬは、をうなの風雅とかや。加賀の千代女は若かりしより、此道にこゝろのにほひふかく、言の葉の色につきて名の高かりける。人のめでつるほくどもあまたありて、秋のにしきの色〳〵に、春の緑のくさ〳〵を集めて、是が句集と世に行れぬ。

今は紅顔のむかしの色うつろひ、いつしか、かしらの露を墨の袂に染めて、いまぞかりけるが、や丶年老ひよはひ傾くにしたがひ、言出せる言の葉もおのづからはほそくからびて、あはれなるかたになん有ける。これをひろひてまた世にほのめかさんと、洛の何がしが無外法師をせめけるに、さすがにふるきちなみといひ、心の友のとしきわるのちの、かたみもといなみがたく、とみにかい集めて後の句集とはなりぬ。このあらましをやつがれに序せよと、せうそこにせられけるに、おなじ心をつぎて隠が岡のかくれ家に筆をとりて送り侍る。

明和辛卯冬　坡仄　書」

また再度登場の闌更は、今度は序文として次のように短く書いておりました。

「いにしへいまのけぢめなき千代尼句集の妙なるみどりついで、いま丶た既白法師のこの冊子を『松のこゑ』と名づくるよし。その声や八嶋の外にひびき、いつのとしにやありけむ、ある風士のおとこ文字をそへて、もろこしのひとにも伝へしとなむ。たぐひなき此尼のほまれ、いまさらいふべくにもあらねば、木陰の流につたなき筆をそゝぎ侍る。
干時明和辛卯冬　半化房　闌更」

朝鮮通信使への日本の土産として、千代女の句が差し上げられたことは、みな知っていることでした。そのことが頭にあって、闌更は序文を書いているのです。「たぐひなき此尼のほまれ、いまさらいふべくにもあらず」、と闌更は、前と同じように最高に千代女の仕事を評価していたのです。

「あいかわらず闌更さんは、わたしのことになると賛めすぎですねえ」

と、千代女は、ゆっくりと語ったのです。

「そんなことはないでしょう。あの方は、なかなか、芯のしっかりした人ですから、責任のないことは一切言いません、書きません」

と、既白が弁明したほどです。

闌更は、弟子の嵐外が京の呉服屋で仕事に熱心でなく、女遊びばかりしていたので、これはものにならない、好きな俳諧の世界へ送り込めと、嵐外の両親や叔父たちとの相談のうえ、きっぱりと結論を出しました。そうして、涼袋《りょうたい》の話を教材として持ち出したのです。もう涼袋の不倫は有名でしたから、辻嵐外がそんな涼袋のようにならないためには、甲州の弟子五味可都里《ごみかとり》の許へ追放するに限ると申し渡したのです。

嵐外はそのために甲州へ来て、蕉風の俳句を広めたのです。甲州には、東山梨の石牙、漫々の親子が頑張っていました。嵐外には韮崎の小林欽哉《きんさい》という力のある弟子が生まれました。

嵐外は甲州を中心に名を成し、師の蘭更が心配するようなことにはなりませんでした。

涼袋は、津軽藩十万石の家老の次男でした。父が早逝し兄が早くに結婚し江戸藩邸に勤めるため弘前のお城を留守にしました。母も妹も江戸へ出てしまったので、留守宅には兄嫁と兄嫁より七歳下の涼袋だけになってしまったのです。

涼袋は兄嫁に惚れ、いつか二人は不倫の関係におち入ってしまいました。しかし、悪いことはすぐ発覚するものです。兄嫁は一も二もなく離婚、涼袋は武士を辞め出奔。既に十九歳でした。いつも財布の中は空っぽなので、号を涼袋と名付けた、と本人は笑って言ったそうです。

「涼袋のようになるな」

の一言が嵐外の頭の上にありました。

のちに許され宝暦二年（一七五二）に、涼袋は江戸へ向い、豊前中津藩十万石の奥平侯の江戸屋敷に画家としての出仕《しゅっし》がかないました。俳諧より絵の方が得意なのは京大阪の蕪村に似ておりました。

涼袋の財布はにわかに豊かになり妻を迎え、なに不自由のない生活を過ごしました。眼病の涼袋を助けたのは紫苑という名の妻でありました。

ある時、涼袋は女弟子たちの句集を編み、妻に絵を描かせ、序文を母に書かせ、出版しました。『あやにしき』という句集です。女芭蕉たる千代女の許にもいち早く一冊謹呈本が届きました。

千代女は、女性だけの句集、絵も序文もみな女性なので、そのことに特に心を寄せた返礼を書きました。

野坡《やば》の門に入り、のちに伊勢派に傾斜したり、加茂馬淵の門をも敲《たた》いた浮気な涼袋は、嵐外のいる甲州にも、また上州や秩父からさらに信州へと足をのばして活躍しておりました。

既白は、闌更のことから嵐外や涼袋のことなども面白く話しておりました。千代女は、若い頃を懐かしそうに思い浮かべながら既白の物語るのを楽しげに聞いておりました。

白雄から改めて彼の師の鳥酔逝去のことなどを知ると、千代女は、いよいよ自分が仏に召されるのかと思うようになりました。

けれども既白が出版した第二句集『松の声』の声価は、再び津々浦々に広がり、千代女は俳諧の世界でますます不動の存在になっていきました。そしてその上に今回の紀行文『老足の拾ひわらじ』となって現れたからたまりません。

女性俳家にして芭蕉に迫る実力者という定評が、全国の人々の間に交わされておりました。

暑き日や水も動かぬ山の影

こうした力強い句は、並の人ではとうてい吟ずることは出来ないのです。そうかと思うと、また女性らしいつぎのような句も作ってみせるのです。

わがわれをおき忘れたる暑さかな

このような句は、まだ誰も作っていなかったのです。「わがわれを」という作者自身を句の中に投入して表現する方法は、百年、二百年のちの人たちさえ、まだなかなか迷ってしまい、独立した堂々たる形の句に作れないものなのです。

千代女の句や人となりが羨望視されて、なかには千代女の名声を妬《ねた》む者も後をたちませんが、千代女の文芸は、最早や確固不動なのです。既白が、四十年間も一筋に、千代女の句集を天下に示そうとしてきたのも、千代女の文芸の高さをよく理解していたからのことでした。

俳諧にまったく縁のない人でも芭蕉と言えば、あの「古池や」の俳人だと答えます。同じように、加賀の千代女と言えば、もう誰も彼も「朝顔に」と答えるようになっていました。

千代女という女の優しさの溢れた句です。夏のある朝、井戸ばたへ水汲みに来ると、思いもよらずつるべ竿に、昨夜のうちに朝顔の蔓がからんで、美しい紫の花を咲かせているのです。折角の蔓や花を取り除いて水を汲むわけにはまいりません。しかたのない事です。他家へ水を貰いに行って、朝の仕事を済ませた、という風流めいた話の句です。

芭蕉の句には「水の音」に深淵の意味がありますが、千代女の句には「もらい水」に女性の風雅さが、表現されております。

大衆に理解され易い二つの句が、今も昔も相変わらずに、人々の口の端にのせられ、愛され続けているのであります。正しくはつぎのように表記されております。

朝顔に釣瓶とられてもらひ水　　千代

千代女は長い間気がかりのことがありました。それは余りにも有名で人々の間に膾炙《かいしゃ》されておりました「朝顔の句」が、自分自身の心に素直におさまらないことでした。しかし今になっても勝手に納得のいくように改める勇気が千代女にはなかったのです。

ところが歳を重ね病に伏し、死を強く意識するようになって、はじめて千代女は「朝顔に」の接続の意味を「朝顔や」の切れ字にする勇気が湧いたのでした。切れ字にすると、分かり易い平板な叙景は一変し、自分の思い詰めていた三界唯心、一すじの心に通ずる人生哲学の意味が生じ、美しい叙情の深い句境が表現されているように思えたのです。なるほど朝顔の生命力が「百なりやつるひと筋の心より」の精神に重なっていることまで感得しない訳にはいきません。

千代女は起きあがり筆を執りました。能筆の跡が流れ、その余白に好きな絵を添えました。

そしてこの一幅を二代目六兵衛に軸装させ、菩提寺聖興寺へ奉納するように言いつけたのです。六兵衛の快諾の返事を聞くと、千代女はやっと安堵の胸をおろすと、なにやら全身から力が遠くの方へ消え去っていくように感じたものでした。

9

三国の長谷川歌川《うたがわ》が、千代女を見舞いに訪ねてきました。白雄が来て去り、既白が第二句集を届けて去り、歌川が訪れ、松任は時にしばらくは賑やかな日が、一日、二日と続くことがあるのでした。

千代女は床から離れ、歌川と好きな句を競作することもありました。

安永元年（一七七二）になっていました。千代女もついに七十歳を迎えておりました。

友人の麦水が涼袋や白雄と論争し、あげくは閑更までに悪口を述べた『山中夜話』は、今まで公刊されなかった筈ですが、ここに来て本になったということを千代女は病床できききました。

白雄もなかなかの論客で、人のいい閑更などは攻撃の的になりやすかったのです。

また、明和八年（一七七一）の春、千代女が注目していた若い九州の諸九尼《しょくに》が、芭蕉の『奥の細道』に向かって旅だっていったということも耳にしました。七十一歳の千代女からみれば、諸九尼はまだ五十七歳という若さでした。諸九尼は、千代女の『老足の拾ひわらじ』を強く意識して旅に出たのでありました。

三国の歌川の見舞いは病床の千代女には、願ってもないことでありました。苦界の女だからと差別しない千代女を歌川は親っておりました。むろん尊敬もしておりました。

花街では泊瀬川と呼んでいました。港町で人々の交流が激しいので、歌川は世間の話題を豊富に持っておりました。東西の俳諧人の消息をもよく把握しておりました。

歌川は、商売柄容色に恵まれ、心ばえも美しく、香、茶、花の諸芸から書に至るまでよく学び、俳句もずばぬけてよく越前、加賀では知らぬ者はおりませんでした。

花街の女にしては風流を理解した珍しい人だと、一目おかせる存在にありました。

歌川は花街に入る前には相当な家の子女で教育をうけて育ったことであろう、というのが世間の群雀《むらすずめ》の声でありました。

滝谷寺の僧によって、歌川は授戒削髪を行い、滝谷女とも呼んでおりました。のちに、改めて歌川と呼称するようになったのでした。

歌川はかつて三国の花街に足を止めた江戸の旗本と深く睦み合い、これが縁で一つの約束をすることになったのでした。諸九尼と同じ齢の歌川は、もう昔のこと、若い頃のことだと、千代女の枕元で恥ずかしながらずに告白するように物語ったのでした。

歌川が尋ねました。

「江戸は京大阪よりも賑やかな面白い町だそうですね」

すると旗本は当然だ、と言うのです。

「なんと言っても将軍のお膝元じゃからな」

歌川は甘えてしまいました。

「わたし、一度お江戸へ行って見たいのです。その節はお家に泊めて下さいますか」

「よいよい。そちの好きな時、何時でもよいぞ」

この武士の言葉を歌川は信じてしまいました。武士に二言はない、というのですから信じても不思議ではありません。

歌川は、頃合いをみて、荒町屋の主人に思い切って百日だけのお暇を貰いたいと申し出ました。

「江戸の見物をしたいのです」

主人は歌川の風雅な嗜《たし》みを知っておりましたから、彼女の願いを免じてあげました。

主人は親切な人でしたので、女の一人旅を心配して言いました。

「ついては、誰かに送らせよう。ながい道中では心細いぞ」

「ありがとうございます。しかし、結構です。旅の仕度はとうに出来ております。また、心の準備も出来ておりますから、ご心配しないで下さい」

歌川は、主人に菅笠や竹の杖や旅の調度品などを見せました。

歌川は主人の言葉にしたがい、吉日を選んで三国の港町を出発しました。歌川の友人たちは、腰弁当で、ある者は一里、ある者は三里の所まで見送るのでした。

一杖一笠、行脚姿の歌川は、道中、俳諧人を尋ねつつ、江戸を目指して行きました。道中の身の代《しろ》の用意もありましたから、先き先きで一宿一飯の迷惑をかけるようなことはありませんでした。

睦み合いした好きな方の屋敷は広壮そのものでした。

歌川は、少しも臆する心はなく、門をくぐり玄関で挨拶を述べました。

「わたしは越前の三国から参りました者です。御主人にお願いがございます。この由、お取りつぎ下されませ」

門の構えも堂々としていて、二、三千石級の旗本らしく何人かの家来も置いてあるような気配です。

女人の旅姿は、この屋敷内では異様に映りました。しかし、物腰の静かなこの女の艶めいた言葉の端々がなんとも快い響きでありました。ながい道中で面やつれしたのか、むしろ美しさも一入…。歌川ならではの雰囲気をあたりに漂わせておりました。

取次の男が訝《いぶ》かしげに質問しました。

「お名前は」

「三国から参った者ですと仰せ下さればお分かりになりまする」

「さようか。殿にお聞きして参る」

と、男は言って奥へ引っ込みました。

歌川は風呂に案内され道中の垢と疲れをとり、ほっとしたところへ、例の旗本が現れたのです。男は開口一番。

「さような姿で参ったのか」

と、驚いて言いました。

「江戸見物とは申せ、一つは俳諧修業のためです」

歌川は、道中の神社、仏閣、名所、旧跡の紀行文を取り出しました。文章の間に俳句も挟まれ、一見風雅の情が理解されるのでした。

「そうであったかのう。その儀ならば、ゆるゆると逗留するがよいぞ」

主人は妻を呼び、歌川の面倒をみるように言い渡したのです。

妻も歌川の江戸に来た志を知り、感心いたしました。

「わたしがそなたのお世話を致しましょう。心おきなく、諸所見物されるがよい」

と、親切にもてなしたのです。

江戸では歌川が評判になり、主人の仲間は争って俺の屋敷へ来い、と招き、歌川をもてなし、物なども取らせる始末なのです。

江戸の俳諧人も、歌川に声をかけてくるのです。

「遊里の女とあって心根が思いのほか床しく思われる。いわば泥中の蓮なるものじゃ」

歌川は、昼夜の別なく、方々の屋敷で俳句をつくり、茶をたて、香を焚き、また花を活け、時に琴を弾いたりしました。

その間に江戸の名所を訪ねるのですから、荒町屋の主人との約束の日数は、早くも目前に迫っておりました。

歌川は、旗本の主人に改めて挨拶しました。

「お陰さまで、すべての目的を果たしました。ひとえにあなた様のお陰です。御恩は決して忘れません。もう三国へ帰る日になりました。これにてお暇をいただきとう存じ上げまする」

「いや、そのことなら、先方に委細話しておいた。もう少し逗留するがよい」

歌川は、主人の配慮に感謝し、もう暫く厄介になって、三国へ帰って来ました。

帰国にあたって歌川は、すでに召された諸侯邸にいちいち挨拶のために推参し別れを申し上げました。

諸侯は、餞別として金銀衣服などを歌川に与えました。土産品は驚くなかれ馬五匹分で運ぶことになったほどでした。

これらの品を歌川はすべて荒町屋の主人に、差し上げてしまいました。

歌川は、主人に言いました。

「ついてはお願いがございます。三年後、わたしは庵を結んで暮らしたいのです。老後のことをお願いしたいのです」

主人は応えました。

「こんなにも宝物を貰っている。たやすいことだ。心配無用、約束するよ」

歌川は三国の町はずれに庵を結び、風雅を友としておりました。そこから、千代女の福増屋へ通って来たのです。六兵衛夫妻が歌川を歓待しましたから、三国と松任を近くしていたのです。

この歌川は、千代女の死を追うように、安永六年（一七七七）の七月、この世を静かに去ったのでありました。歌川ならではの哀歓に満ちた句を残して消え去ったのでした。

叩いても心の知れぬ西瓜哉

誘ふ水あらばあらばと螢かな

行水の一夜どまりや薄氷

目ざまして琴しらべけり春の雨

瓜紅のしづくに咲くや秋海裳

10

京の蕪村から『玉藻集《ぎょくそう》』に序文を書いて下さい、という願い文が届いて、もう何日にもなりますが、千代女は病の床にありましたから思うままに書くことができませんでした。これは、いつぞやの涼袋の試みた女流句集と同じで、女性の句ばかり集めたものと聞き、無理してでも序文を書いてあげねば、と気持ちはあせるばかりでした。

「花の都の花にも月にもなれにし風流人のいにしへの名ある女の、うつくしき句をあつめて、玉藻集となづけ、桜木にちりはめんとなり。されば我にこのはし書せよと勧にいなみかたくて三とせやもふの枕をあけ、かの何むし這ふごとくといへる恥かしきふみながら、筆を染めぬる頃はやよひのはしめなりけらし」

千代女は蕪村の求めに序文のことだけでなく、日常可能な限り病床にありながら、句道の精進を怠らず、筆を持つことに励んでおりました。安永三年（一七七四）の新春、飛騨の高山の千尺に句と共に「ながき夢の心も昨日今日とて、はてしなき世なりければ、初空に心を引かえ聊か寿がんと筆をそゝぎ賀しまいらせぬ」と、手紙まで書き送っておりました。

すへ女の夫が還暦になった祝いにも句を贈り、「之甫の御ぬしは末のけふ六十路の外へふみ初させ給ふ、誠に目出度千秋萬歳と寿ぎ申上まゐらせたくて。七十三　尼素園」と書いておりました。

すへ女の夫は桃林舎之甫の俳号を持っており、千代女に教えをうけ老いた千代を裏でなにかと助けていたのです。

千代女の悲しみを誘ったのは、大睡の訃報でした。彼女が十二歳の春、父六兵衛の慫慂《しょうよう》により、生まれて初めて、他人様の飯を食う躾修業のために家を出た先きの主人がこの大睡でありました。

本吉の北潟屋の主人で俳句をよくしていたところから、六兵衛が気に入り、先方も承知して千代女の教育を引きうけたその最初の恩人が大睡なのです。半睡がのちに大睡となって、千代女の先生でもあった思いでのつきない大切な方でした。

その大睡翁が逝去されたという知らせは、病人の体にはひどく応えたのでした。主人の岸彌左衛門は、本吉では学問も徳もあり、なんといっても一番の信頼のある名士でした。その長寿大睡も歳には勝てず大往生でした。

千代女は、芭蕉の淋しい句を思い出していました。大睡も逝ってしまった淋しい人生の道を思い浮かべていました。大睡がどのような句を残して死出の道におもむいたかは知るよしもありません。

しかし、芭蕉は句作して、それを残していました。

この道や行く人なしに秋の暮　　　芭蕉

千代女は自分もまた一人で行く道の風景を空想していました。もの思いに耽る病床生活が、毎日続いておりました。

わたしの行く道は、「秋の暮」ではない、と思うようになったのです。その理由は分かりませんが、芭蕉のような淋しさと違う、やはり女性らしい淋しさであってほしかったためでしょう。

わたしの行く道は、春でなければならない、と千代女は自分に言い聞かせておりました。

春の草花が咲き、そこへ蝶が飛んでくるような、気持ちよい季節こそが、千代女が空想し続けた病床での、「行く道」でありました。

千代女は、女性用納戸地の銀襴懐紙《ぎんらんかいし》ばさみの裏へ、筆を執って書きました。

蝶はゆめの名残わけ入る花野かな

蝶は千代女自身でした。千代女の七十余年の人生に、もう思い残すことはありません。それでも、なお、見はてぬあの美しい夢のその夢を追って羽ばたくのが蝶のわたしです。夢の世界は花園でした。その花園へ、わたしは一人で、花園の奥の奥へと「わけ入る」ようにすすんで行くのでした。

千代女は蝶が大好きでした。蝶を自分になぞらえるのも好きでした。蝶は好ましくて、また美しい存在であると、千代女は固く信じておりました。

乙由と別れた時にも、蝶から始めました。

蝶ほどの笠になるまでしたひけり

あの人の笠が蝶のように小さくなるまで、千代女はたたずんで見送っておりました。あの人は、蝶どころかもっと小さくなって、ついに消えてしまいました。

しかし、消えた筈の蝶は、千代女の胸の中に復活したのでした。

ほんとうは、あの人を送る時の心持ちは、恥ずかしさもあって、「蝶ほどの」のようではなかったのです。

うちむきて見送る筈ぞ花雲

顔をあげて送ることなど出来ないのです。涙を見せてしまいかねません。だから、うつむいて見送るつもりだったのです。それなのに、あの人が、背を向けて歩き出すと、もう、千代女は、「蝶ほどの」と、手さえあげて別れを惜しむのではありませんか。

伊勢の情景が、千代女の夢の中に映し出されてきました。

ついで彦根の町はずれにあった分かれ道の情景が浮かんできます。

観音様になった乙由が、やさしく千代女に笑いかけていました。そして、花野がどこまでも続いているのです。千代女は、念仏を説えながら、その花野の道を一人で歩いているのでした。歩いて行く先きに、あの人がいるように思えてなりませんでした。この道は、念仏の道です。たとえ神様仏様でも妨害することは出来ない信者の道です。念仏道に障害を与えることは、誰にも出来ないのです。念仏によって、すべての束縛から、完全に解脱されているのです。だから花野が限りなく広がっているのではありませんか。煩悩もどうやら稀薄になりました。浄土も近くなったようです。

阿弥陀の大慈悲にお任せできるような気分になってまいりました。わたしのような凡人の往生はひっそり閑としたものに間違いありません。はやく、浄土へ静かに参りたいような、そんな快感が千代女の五感をさっきから走り去っては、また来て走り去っていくのでした。

――阿弥陀の大慈悲。これが千代尼仏俳一如の道でありましょう。

昨日、歌川が、枕元に座って言いました。

「千代尼さん、一句、一句だけ……」

筆と短冊を持ってそう誘いかけてきました。

千代女は、寝ながら横になり書きました。

月を見て我はこの世をかしく哉　素園

千代女が筆を返すと、歌川も一句書いて、千代女に見てもらうのでした。

奥底の知れぬ寒さや海の音　歌川

歌川は、千代女の死の覚悟をこの句ではっきりと知りました。「かしく」とは、手紙の最後に書く「かしこ」のことです。つまり、「さようなら」という意味なのです。

九月の月を眺めて、この世ともお別れします、という千代女の挨拶でした。これを、歌川は、千代女の辞世だと直感しました。

——辞世。この世との別れの言葉です。

歌川は、これを思い、五感がぞくぞく寒くなるほどの悲痛な感情に襲われてしまいました。誰にも訴えようのない悲しさです。泣いても叫んでも誰にも共感して貰えない、暗い絶望感に似た「海の音」を聞いてしまったのです。

しかし相手の千代女は、少しも苦しまず仏様のように微笑をたたえているのです。そんな相手に、涙を見せることは出来ないのでした。

「歌川さん、わたし今、夢を見ていました。とてもいい夢でした。花野をわたしが一人、歩いている夢ですよ」

歌川は福増屋に泊り込んで、千代女の看病の手伝いをしていたのです。

「花野の向こうに、誰かがいるのです。急いでも急いでも、その人に近づくことは出来ない、でも、その人はよくよく見ると、どこかで見たことのある知人です。その人がわたしに、おいで、おいでの合図を送ってくるのですよ。だから、急いで近づこうとすると、その人の姿は見えなくなってしまうのです。変でしょう。でも、不思議に、わたしの句だけがそこに出てくるのです」

歌川が尋ねた。

「どんな句ですか」

「蝶は夢の名残わけ入る花野かな……」

「いい句です。そこは浄土ですね」

と、歌川が話しかけると、千代女は嬉しそうに頷くのでした。

「おいで、おいでの人は分からなかったのですね。きっと阿弥陀さまかも知れません」

すると、千代女は強く首を横に振って、言いました。

「もったいない」

その声の力強さに、歌川はびっくりしました。枕元にかしづいていてなおも「まあ」という驚きの表情に変わりました。

「じゃ、どなたかしら……」

と、歌川はばつの悪そうなもの言いでした。

しばらくは、千代女も黙っていました。なおも、千代女の口許を見詰めておりました。

千代女の顔は、平穏な微笑をたたえていました。目を閉じたままのその顔は、七十三歳の人生に満足している表情そのものでした。

「よく分からないの。でも句が浮かんできました」

「どの句ですか」

と、歌川が、急《せ》き込んで糾すのです。

千代女は、おだやかに小声で言いました。

「蝶ほどの笠になるまでしたひけり……」

歌川もなおも二人は黙ってしまいました。これは千代女が麦林舎乙由と別れるとき、乙由を見送った乙由への愛情を美しく歌いあげた有名な句でした。

なおが歌川の顔をのぞき込むようにしてから、なにかの合図のようにぽろっと言いました。

「あら、まあ……」

二人は千代女の枕元を離れ居間へさがりました。

外は加賀の秋です。しかし、まだ残暑もありました。その残暑の中で、歌川は「奥底の知れぬ寒さ」と吟じたのです。それは、苦界を生きて、人生の表と裏、苦と楽のはざまを体と心で知った超人的な歌川の千代女への別れ難い愛情表現だったのです。

その歌川は、千代女の「月を見て」の月が、幻の月ではなく、多分「阿弥陀」であったに違いない、と「奥底」の中まで読み込んでいたのでした。

安永四年（一七七五）の九月八日、早朝。

千代女は召されて逝ったのでありました。その日に限って、白山の峰は厚く重々しい雲をかぶって姿を見せようとしません。

たった一つの馬繋ぎ石の穴に、訃を知って駆けつけて来た人の馬のたづなが三本縛りつけられていたり、諸国の有名無名の俳人たちの悼句が、千代女の今は亡き庵に届けられるようになりました。

六兵衛となおが、七十七日の回向《えこう》をとくに懇《ねんご》ろにとり行ったのは、言うまでもないことです。

松任の宿場の中程にある聖興寺に安らかに眠る千代尼塚を訪れる俳諧人は、次から次にとあとを断たない始末でした。

すへ女は、泣き泣き「影やとす月やかくれて袖の露」の一句を墓前に捧げ、ながくながくいつまでも額づくのでした。しばらくしてから、すへ女は、一笑に献じた芭蕉の悼句を、雪翁の口真似で吟じて見せた在りし日の茶目っ気な千代女を突然想い出し、今度は急に狂ったように笑い出してしまいました。

塚もうごけわが泣くこゑは秋の風　　　芭蕉

参考文献

『加賀の千代』中原辰哉著　文学同志会
『加賀の千代』長谷川かな著　育英書院
『加賀の千代女の生涯』吉松祐一著　大同館書店
『加賀の千代真蹟集』千代尼著・中本恕堂編著　北国出版社
『千代女の謎』山根公著　桂新書
『俳家奇人談』竹内玄々一著　古今堂
『関秀俳家全集』勝峰晋風著　聚英閣
『評解名句辞典』麻生磯次、小高敏郎書　創拓社
『俳諧大辞典』小宮豊隆・麻磯次 監／伊地知鐵男他編　明治書院
『日本古典文学大系（芭蕉文集）46』杉浦正一郎、宮本三郎、荻野清校注　岩波書店
『参勤交代道中記（加賀藩史料を読む）』忠田敏男著　平凡社
『江戸参府旅行日記』エンゲルベルト・ケンペル著／斎藤信訳　平凡社東洋文庫、ほか

著者紹介

清水 昭三（しみず しょうぞう）
山梨県韮崎市在住。

『芥川龍之介の夢』『椎名麟三の神と太宰治の神』『散りそんじた若桜の独語 』『男の友情』『粉糠三合説異聞 』（全五巻、原書房）ほか。

花《はな》の俳人《はいじん》 加賀《かが》の千代女《ちよじょ》

第 1 刷発行　2017 年 4 月 20 日

著　者● 清水昭三
発行人● 茂山 和也
発行所● 株式会社 アルファベータブックス
〒 102-0072　東京都千代田区飯田橋 2-14-5 定谷ビル
電話 03-3239-1850 Fax 03-3239-1851　E-mail alpha-beta@ab-books.co.jp
装丁●佐々木 正見
印刷●株式会社 エーヴィスシステムズ　製本●株式会社 難波製本

定価はダストジャケットに表示してあります。
本書掲載の文章及び写真・図版の無断転載を禁じます。
乱丁・落丁はお取り換えいたします。
ISBN 978-4-86598-031-8 C0092
©SHIMIZU shouzou，2017

アルファベータブックスの好評既刊書

菜園・戴冠式　中山均 初期作品集

中山均著　四六判上製・152 頁　1,500 円 + 税
1980 年代に見えていた平凡なあの空を追う…。「…少年はすぐに初老になる」病に倒れた初老の、過去心象スケッチ集。東大駒場 銀杏並樹賞受賞作品を含む 5 編で編む！（2016.04）

背徳の方程式　見沢知廉獄中作品集

見沢知廉 著　四六判上製・256 頁　1,900 円 + 税
"主観的な真実" を信じ抜いた作家の原点。「天皇ごっこ」で衝撃のデビューを飾り、46 歳で亡くなった鬼才・見沢知廉が、獄中で書いた表題作や「人形—暗さの完成」など、未発表作品全 4 編を収録。（2011.08）

遊君姫君　待賢門院と白河院

小谷野 敦 著　四六判上製・256 頁　1,900 円 + 税
「わらわが、まぐわいの歓びというものを覚えるようになるまで、四月もかかりましたろうか…」平安後期に繰り広げられた王家の権力闘争と禁じられた性愛の官能美を、史料をもとに考証を重ねた冷徹な筆致で描く王朝絵巻。（2012.01）

東海道五十一駅

小谷野 敦 著　四六判上製・236 頁　1,800 円 + 税
私は五十一の駅を、何度も何度も通過した。そしてひとつひとつの駅が、黙って私の苦しみを眺めていたのだ…。電車に乗れなくなる神経症を描いた表題作他。（2011.08）

新モラエス案内　もうひとりのラフカディオ・ハーン

深澤 暁 著　四六判上製・300 頁　2,500 円 + 税
日本文学者のモラエス観、モラエスをめぐる女性たち、俳句などの新たな研究！ ラフカディオ・ハーンと同じ時期に来日し、31 年間、日本文化をポルトガルに発信し続け、徳島で隠棲した文学者の軌跡。（2015.11）